GAEA

GAEA

術数師 2

蕭邦的刀・少女的微笑

天航 KIM 著

術数師 2◇蕭邦的刀・少女的微笑

目錄

將人之所謂者惡者，天以為善乎？
人之所謂善者，天以為惡乎？
將善者可欺，惡者可畏，而天亦有所吐茹乎？
何天道之好善惡惡而若是戾乎？

——《郁離子・天道》

一九八八年·法門寺

「刀片」是一種隨處可見的工具，
在雜貨店裡可以買到的工具。
它鋒利無比，而且用途廣泛，江洋大盜會用它來偷皮夾，
除了男人會用刀片刮鬍子，女人也會用它來除腿毛……
刀片實在是人類的好伙伴。
用得正，可以造福人群，例如理髮師和木匠；
用得邪，可以害人不淺，在脖子上劃一下，就是一條人命。
「刀片」是一件東西？照字面解釋是正確的，
但在這故事中出現的「刀片」，卻是另有所指，
未必是你所想的那一回事。

1

在西安市西的扶風縣，有座千年古剎法門寺，據說建於東漢桓靈之世。

如果讀過《西遊記》中唐玄奘取西經的故事，便知大唐盛世曾推崇佛教，法門寺一度成爲皇家寺院，留過幾位唐代皇帝的足跡，有「關中塔廟始祖」之稱，到了今時今日，仍是全國最著名的寺院之一。

法門寺寶塔一柱擎天，平面八角十三層，正東南西北四面是石匾，其餘四面分嵌乾、艮、巽、坤等八卦方位。

歷史的侵蝕始終無法使它消失。

它的祕密也一直深藏在地底。

直到——

一九八一年間，天降暴雨，寺塔轟然崩塌。

一個埋藏了千年的絕世祕密終於重見天日。

有關當局決定重建，全面清拆塔基。施工期間，人們無意中發現了白玉石板下的神祕洞口。考古專家趕到現場，一番勘查，不由得驚喜萬分，原來塔下竟有一座地宮存在。

地宮實地考古探索展開，考古人員進入地宮，出土了來自唐代的稀世珍品，包括金銀器、琉璃器、古錢幣和佛教法器，連武則天的繡裙也在清單之列。

在其中，眾人找到一個八重寶函。

考古專家瞪大了眼，謹小慎微，由外而內，就像剝洋蔥皮般逐層拆開寶函，當拆開最裡面的純金塔座後，一枚通心圓筒狀的東西呈現眼前。

「莫非是那『傳說中的祕寶』？」

舍利子！舍利子！大家心中都響起這個聲音。可是，經過專家的鑑定，那舍利子竟是玉質的，也就是說一定不會是真的，民間流傳的故事是假的，文獻中記載的事蹟也是假的……可想而知，當時滿室一定充斥著「他媽的」的罵聲。

正當眾人感到極度失望之際，有人在地宮的角落發現一片鬆動的浮土，挖了挖，就挖了個密龕出來。

就像在玩古穴盜墓探險遊戲一樣，愈是隱蔽的寶箱，內藏的祕寶愈是珍貴。

一個鐵函，裡面又是一層套一層。

最裡面是個迷你的小玉棺。

玉棺一開，佛光普照——

傳說中的舍利子重現於世！

一九八八年，法門寺重修竣工，原地建成博物館，並對外開放。

此後，法門寺就成了國家ＡＡＡＡ級旅遊景點。

那年冬天，小賈的大學提前放假，家無牽掛，他就展開旅程，雲遊全國各省各縣，將「讀萬卷書不如行萬里路」的教條實踐到底。他在報紙上讀過法門寺的事，路經當地，便報名旅行團，參加「法門寺一日遊」。

這一天濃雲蔽空，不是好天氣。

在旅遊大巴士上，小賈走到末端，挑了倒數第二排的座位坐下。

出乎小賈的意料之外，同行的遊客眾多，一家大小幾乎坐滿了車廂。

最後上車的是個老叔，穿著灰色中山裝，笑吟吟的，就像個老頑童。

老叔拎著深藍色的尼龍背包，上面印著盜版米老鼠的圖案，質料都磨爛了，搞不好就是從垃圾堆裡撿回來的爛貨。

他盯著小賈旁邊的座位，然後就走了過來。

老叔一屁股坐下來，向小賈搭訕：

「小伙子，獨個兒出來旅遊呀？」

小賈只是點了點頭。

他個性有點內向，討厭和陌生人打交道，車子一開，就開始佯裝熟睡，免得被一些口沫過剩的大叔絮絮叨叨地煩死了。

上了年紀的大叔就是愛說當年。小賈曾在火車上碰過一個大叔，從他三歲的身世說起，連鄉下那頭牛也成了話題，煩得小賈幾乎想開窗跳車。

坐在旅遊巴士裡，耳邊是一陣陣咀嚼的噪音，每當小賈睜開眼皮上的一道隙縫，就會看到鄰座老叔的嘴巴縱使沒說話，竟也沒有半刻閒著，膝上的背包比百寶袋更豐富：玉米、花生、瓜子、栗子、菜肉包、陝西特產獼猴桃……似乎只要是可以吃的東西，他都帶到了車上。

老叔倒也慷慨，一見小賈張開眼，抓著一把栗子，就問：

「你要不要吃？」

小賈搖了搖頭，不敢亂接別人的東西。

而且對方的手實在油膩得令人不敢恭維……

老叔吃完就將垃圾放入塑膠袋裡。

一陣風捲殘雲，兩個塑膠袋已被塞得滿滿的，還沒有下車，老叔竟已將背包裡的東西吃光，更不時滿足地舔吮自己的手指。

那老叔其實很正常，是典型的鄉巴佬。

但小賈又覺得他很怪，至於這人有甚麼怪異，他一時又說不出來。

走馬看花，下車觀景，轉眼已過半日。

法門寺是當日行程的最後一站。

團友們爭先恐後地下車，彷彿少看了一秒就是損失一元。

待所有人離座，小賈鄰座的老叔才施施然起身，大搖大擺地下車。

老叔單耳戴著耳機，取出一片卡帶，放進卡式錄音機裡，一面聽著音樂，一面在人群的間隙之中匆匆穿過。他的背影映入小賈眼中，不知怎地，小賈竟然覺得那背影與眾不同，予人一種飄逸大度的感覺。

可能是小賈和他都沒伴，之前參觀其他景點，那老叔總是黏在小賈左右，有的沒的指指點點，但他又真的略通文史，說得出某些文物的背景，似乎有些來路，並非一般的遊客。

一行人往法門寺博物館的方向走。

未進館門，老叔已經雙眼發亮，與一對父子攀談起來：

「我說哪，咱到古都西安旅行，看的文物都是又舊又破，就法門寺裡的東西金光閃閃。八國聯軍當年劫走的寶貝，也比不上在地宮裡找到的國寶級文物……這種寶貝要是讓我弄到一件，我看我斷了一腿也不用愁啦……」

老叔一副掉口水的模樣，別人聽了只是笑笑。

「聽你這麼說，你來過很多次了？」

「不、不……我是聽朋友說的。」

那老叔搖鈴似地搖動著手腕，然後走開了。

寺院的導遊帶遊客到地宮遺址，講述地宮的發現經過，說得又懸疑又動聽。原來法門寺中發現的舍利子共有四枚，出土之日是農曆四月初八，亦即是佛陀的誕辰。

性情中人聽了，瞻仰聖物，下跪的下跪，磕頭的磕頭，口中念念有詞，祈求菩薩保佑平安。

那老叔神祕兮兮的，這時已不見了人影。

到了自由遊覽時間，小賈有心無心地離群而行，自顧自逛蕩。不知是甚麼緣故，小賈有點心緒不寧，忽然想起那個老叔，兀自在幾個必到景點來回走了兩趟，目光到處亂竄，也沒有發現那老叔的行蹤。

一個大謎題斗然冒上小賈的心頭：

「那老叔到哪裡去了？」

小賈不由自主地笑了笑，連他也覺得自己太過在意那老叔。他此行純粹觀光，免去拍照的工夫，上車前還剩下一大段時間，這時候大感納悶，便在石階上坐著歇息。

大雄寶殿香火不斷，在白煙縈繞之中舉目望天，只見一群野雁在塔頂飛過，牠們似乎也懂得自律，在佛門淨地之上保持靜默。

小賈一直仰望上空。

突然間，他看到一幕不可思議的情景——

塔頂離地十三層，在接近頂層的窗口外，竟有一團人影在空中匆匆一現，藉著簷牙作踏點，一疾躍，一翻身，就已跳到下一層的窗口。

才不過一晃眼，那灰影已竄進塔裡，徹底消失不見。

由於遠在上方，歷時極短，而那條人影速度極快，加上衣衫和塔磚同色，要不是小賈偶然望向上面，只怕就再也沒有人看見方才的情景。

小賈看得目瞪口呆。

莫非是少林功夫，這所寺院藏高人？

可是……無論怎麼看，做出這種事的只有賊……

小賈這次眼也不眨地望著塔身，視察了一會，寶塔仍是寶塔，啞然屹立在他的面前，再無異常也再無怪事發生。小賈愈想愈奇，便繞著塔基走了一圈，只見寶塔底的入口重門深鎖，根本是閒人止步，不准一般遊客入內參觀。

小賈拭了拭眼，曾以爲方才的所見是幻覺。

看了看錶，未來得及調查下去，已到了團隊集合的時間。

小賈不想爲別人添麻煩，便急步趕到集合地點，以爲自己會遲到，沒想到竟是第一個上車。

又過了一會兒，同車的乘客喧嚷上車，逐個逐個塡滿了座位。等得不耐煩的人就在車裡抽菸，男女老幼都巴望快點開車，趕在黃昏前返抵市區。而車長和導遊小姐也沒有令人失望，很快就在大家的眼前出現。

開車前，導遊小姐點算人數，發覺少了一個，心情當然不爽，就問小賈：「你旁邊的大叔呢？」

小賈百般無奈地搖頭，露出不知情的表情。

「有沒有人見過坐在這位子上的先生？」

全車緘默。

竟然無人能夠回答導遊小姐的問題。

「不會是跌下山崖死了吧？」

有的乘客沉不住氣，開始詛咒大叔，好像和他有甚麼深仇大恨。

「我沒死，我在這裡。」

一說曹操，曹操就到，那老叔有如鬼魅般在車門旁出現，從容不迫地站在最前面。

大巴士的側窗沒有布簾，總會有幾個人望得見車外的情景，奇怪的是，竟沒有人目睹那老叔從寺院正門那邊過來的經過。

導遊小姐瞪著那老叔，大發牢騷：

「先生，你再來遲兩步，這輛車就要開走啦！」

老叔仍是笑咪咪的樣子，連忙賠不是：

「抱歉、抱歉！我肚子痛，急得憋不住，妳也不想我弄髒妳的車，一個不好屁尿齊放，把雅座當成馬桶吧？」

說著說著，老叔就回到他原來的座位上，也就是小賈的旁邊。

玩了半天，遊客睏倦，車廂裡滿是鼾睡聲。其他人壓根兒沒有察覺到老叔的異常，只有小賈清清楚楚地看見了。

下車前，老叔的背包肯定是扁扁的。

再次上車時，那背包已變得鼓鼓囊囊的，似乎裝滿了東西。

2

雖然小賈沒有看清楚那飛賊的樣貌，卻有九分把握可以斷定，在塔頂曇花一現的衫影，就和那老叔的衣著是一模一樣的顏色。

鄰座的老叔實在非常值得懷疑。

他的背包裡到底裝滿了甚麼東西？

小賈心中存疑，但他根本甚麼也做不了。

話說回來，到國家級博物館裡偷東西……這太荒謬了！

當年，中國才剛走上經濟發展的軌道，大興土木仍在開發初期。公路沒修好，旅遊巴士在粗糙的路面上行走，自然抖得顛顛簸簸，連累屁股要活活受罪。

每當車子向上一拋，老叔就罵出一句：

「該死的路！震得我屁股好癢！」

那老叔手上的零食吃之不盡，一下伸手抓花生放入口，一下伸手到屁股之間搔癢，用的都是同一隻手，感覺實在有夠噁心。

小賈不動聲息，暗地裡卻在留意老叔的一舉一動。

仔細一看，才發覺那老叔的手指很特別……不似手指，似爪。

這談不上是甚麼發現，但小賈就是很在意。

甚麼職業的人才會有這樣的手指？

一路上車行無阻，如無意外，再過半個小時就可抵達西安市中心。

本來是很平靜的時刻，老叔的目光卻突然一亮，變得炯炯有神。

就在一剎那間，老叔好像變成了另一個人似地，皺紋也彷彿少了很多。若非一直偷望著窗上的倒影，小賈也難以察覺這樣的事情，再三細看老叔的容貌，又驀然有了一番見解：「其實老叔也不算是老叔，可能只是五十，不，是四十來歲……想他長年飽經風霜，所以看起來才蒼老了不少。」

小賈照樣望出車窗外，這時竟然來了一輛警車。

那輛警車從後駛至，駛得很急，一眨眼就與旅遊巴士的車頭平排。乘客正覺奇怪，忽見警車的側窗有條警棍伸出，猛力敲打著旅遊巴士的車身，砰砰響個不停，就算是再蠢的車長，也曉得這是勒令停車的信號。

小賈心念一動：「果然有事發生。」

車長把旅遊巴士停在一邊，然後就有三個警察上來，冷眼看著車裡的所有人。車裡的人知道有事發生，好夢都碎了，陸陸續續從盹睡中醒來。警察要找負責人，導遊小姐匆匆上前應對，也不知她是否做過甚麼虧心事，一問一答之間都顯得略爲畏懼。

「你們是不是到過法門寺？」

「嗯……是的。」

「我們接到報案，法門寺有東西失竊……現在全車的人都給我站起來！我們要逐一搜查行李和搜身。」

眾人聽了，立時譁然，有人多問了一句，得到的只有官腔式的惡罵。

一個普通的車廂，頓時成了監牢，橫行排列的座椅恰似分隔犯人的欄柵，那三個警察就在中間的通道展開突擊檢查。

只見前面的人交出背包，警察大哥扯開拉鍊，直接就將裡頭的東西倒出來，看得人人氣惱委屈，但人人都是敢怒不敢言。

小賈盯了身旁的老叔一眼。

老叔仍是笑吟吟的，一副事不關己的表情。

不到一盞茶工夫，警察大哥就來到後排，直到現在仍然毫無發現，臉色自然不會好看。後排以小孩子居多，沒有帶行李，可能是這個緣故，警察一看到老叔擺在座椅上的背包，就走過來對他說：

「你，把背包打開！」

這下子吸引了所有乘客的目光，彷彿有一盞射燈照在老叔的頭上。在這日的行程中，唯獨他是神龍見首不見尾，換句話說就是嫌疑最大的人。人是好奇的動物，都想知道那老叔是不是個賊，甚至自動自發替警察留意那老叔的破綻。

喇——

拉鍊一開，背包裡的東西一目了然。

背包看起來鼓鼓的，原來是塞滿了零食包。

眾人不由得失望萬分，但又說不出有甚麼好失望的。

老叔打了個哈哈，自嘲道：「人家都說我老人童心，老人家愛吃小零食，吃得滿口都是蛀牙。」

那位警察大哥把背包裡裡外外翻轉，也沒搜出甚麼東西。

其中一位警察俯下身子，橫眼掃視所有座椅下面，始終是一無所獲。三位警察頹然走向車頭，批准旅遊巴士的車長開車。待警察大哥下了車，眾人才鬆了一口氣，但寶貴的光陰被耗掉了，免不了要埋怨幾句。

已入夜，幸好只剩下一小段車程。

鄰座的老叔志得意滿地坐下，隨手拿起一包洋芋片，輕力撕開，又吃了起來。老叔瞧見小賈望著自己，禮貌性地將手裡的洋芋片遞了過去，同時問道：

「你吃不吃洋芋片？」

只要是看過他剛剛用手搔屁股的模樣，想必誰也不想和他分享同一包洋芋片。但小賈居然二話不說，乾脆將手伸入鋁箔包裡，連那老叔也冷不防有此一著。

小賈頭腦很好，直覺也準，既然認定老叔有古怪，前思後想，就覺得那偷回來的贓物極有可能被藏在零食包裡。結果，這次突擊成功，就在鋁箔包的底部，真的讓他摸到一件異物，觸感似個玉質的小盒子。

老叔的反應竟是迅捷無比，空著的手立時按上去，硬生生扳著小賈的手肘，死也不讓他把抓到的東西拿出來。老叔一邊和他角力，一邊壓低聲音道：「小娃兒，你似乎太貪心了。」

小賈斷斷續續地道：「你這個賊……裡面究竟是甚麼東西？」

老叔不敢再低估眼前的小子，眼皮眨了眨，就說：

「年輕人就是年輕人，眞有正義感。」

就在兩人僵持不下時，老叔趁著小賈一分神，突然鬆開一手，然後旋即疾繞到對方的脖子後面，變化快得令人猝不及防。

小賈頓覺喉頭一寒，眼珠兒朝下一看，才發覺那老叔手上有古怪，竟已多了一件亮錚錚的東西。

甚麼東西？

一看，那是一支尖得令人發寒的銀針，針頭就直指著自己的喉嚨。

「別動。」

不用老叔吩咐，小賈已經不能動彈。

3

小賈完全沒料到老叔竟然持有利器，無奈只好失手被擒。

「別動。殺了你，我再逃跑也來得及。」

那老叔用眼角瞟了逃生門一眼，又瞪了小賈一眼，眼神凌厲嚇人，不見了吊兒郎當的獃氣，似乎這才是他的本來面目。

旅遊大巴士續行不久，大部分乘客已重返夢鄉，老叔遮掩的技巧極佳，加上那銀針罕見地細小，所以即使兩人之間發生衝突，旁人也完全沒有察覺。

小賈全身受制，冷靜了下來，便依老叔的指示去做，真的不敢吭聲。

只見老叔忽然挪開手上的銀針，而且將手縮了回去，眼看是就此放過了小賈。世上當然沒有如此便宜的事，小賈隨即發現脖子上有種微微勒緊的感覺，始知頸上被人套了個繩圈，用的是一條肉眼幾乎看不見的魚絲，圈子的繩頭自然是被老叔握住。

老叔的手法很快，果然是吃這一行飯的老行家。

他的一雙眼也像監視鏡頭般盯著小賈。

小賈苦無辦法，只得任由擺布，目光一閃一閃，似在等待一個脫險的機會。

不到十分鐘，高樓街店映在車窗上，再過不久就穿過了城牆拱門。

古都西安有四個城門，東南西北各一，皆用秦磚漢瓦鋪成，大有歷史遺風。大車由西門進城，穿梭在南北向縱橫交錯的街道之間，再兜了幾個圈子，輾轉就到了下車點的第一站——西安火車站。

待所有人下車後，老叔才叫住車長，然後提著背包直奔下車。

這時就算小賈大叫，車長和其他人也只會發怔，問長問短，到最後還不是讓老叔逃得不見影蹤。再者，有俠義心腸的中國人愈來愈少，就是眼見有人在公車上打劫，絕大多數人也只會袖手旁觀，少管別人的閒事。

黃沙塵土漫天飛揚，火車站廣場上滿滿都是人。

老叔在廣場上前行幾步，旅遊巴士已噴著濃煙開走，但他略有所感，一回頭，就看到了跟在背後的小賈。

老叔見這小子不但沒被嚇怕，反而窮追不捨，覺得他膽子挺大，儘管在立場上敵對，也在心裡對他大表讚嘆。

小賈更踏前一步，向老叔喝斥道：

「盜亦有道，你既有這樣的本事，說你是老行尊也當之無愧，在你心裡也有一套做賊的尺度吧？法門寺的文化遺產屬於全中國人，在佛門淨地偷東西，你難道不怕遭受天譴嗎？」

這番話說得義正詞嚴，再善於狡辯的人聽了也得赧顏汗下。

明月下，老叔的目光變得惘然，竟然嘆了口氣，語無倫次地說：「你說的對。我做的事實在太荒唐了……可是，這一次，我中了邪，完全無法控制自己，就像是那東西叫我去偷它的……信不信由你，我做賊這麼久，這樣的感覺還是頭一次。」

然後，老叔又覺得自己沒必要多作解釋，眼神中自信滿滿，又說：「你想在這裡喊捉賊嗎？我入行三十餘載，犯過的大案無數，沒甚麼值得驕傲，就是沒蹲過牢。」

小賈沒有就此退縮，卻道：「我要知道你的名字。明年我畢業後就會報考警察，我要做刑警，將來我一定會親手捉住你。」

小賈看出那老叔藝高膽大、獨行無懼，顯是自視甚高，極有可能是在這行頭裡的知名人物。要是被老叔逃去無蹤，再去尋他就等於大海撈針，小賈臨時心生一計，便故意氣他一氣，來引對方自報姓名。

要在茫茫人海中通緝一個人，有名有姓當然就是最好的線索。

那老叔受他一激，果然沉不住氣，怫然道：「好，那你就記住吧！老子行不改名，坐不改姓，我叫……」

老叔的話剛剛說到一半，他的聲帶就如斷了弦般失聲。

然後他朝著另一邊轉身，身子轉到一半就陡地止住，屏息靜聽之際，全身的寒毛彷彿豎起了一樣。

小賈察覺他的神情有異，正要開口相問，沒料到老叔捂住他的嘴，鄭重其事道：「噓！不要作聲。」

西安火車站廣場上，城牆上月光明媚。

車水馬龍，繁冗嘈雜，一切如常，毫無異象。

老叔卻自言自語道：

「殺氣、殺氣……好強的殺氣……」

他的面色很難看，就似見到了甚麼妖怪。

再朝前面看了看，仍是人多熱鬧，小賈完全看不出到底有何異常。話雖如此，卻也感受到一股滔滔而至的壓逼感，令他不自覺間起了雞皮疙瘩。

老叔突然指向前面，繃緊神經，如臨大敵的狀態。

數秒過後，才有一句話從他的嘴邊溜出：

「那邊，有個可怕的人來了……」

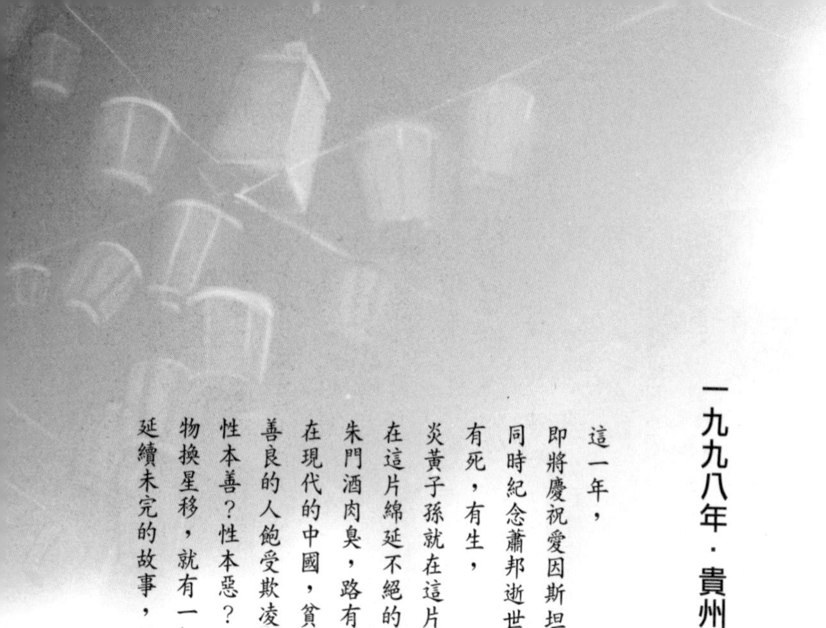

一九九八年．貴州

這一年，

即將慶祝愛因斯坦誕辰一百二十週年，

同時紀念蕭邦逝世一百五十週年。

有死，有生，

炎黃子孫就在這片土壤上傳宗接代。

在這片綿延不絕的國土上，有著無數的淚光。

朱門酒肉臭，路有凍死骨，

在現代的中國，貧富懸殊仍是個毒瘤，

善良的人飽受欺凌，邪惡的人卻可以富足。

性本善？性本惡？

物換星移，就有一個小生命誕生在世上。

延續未完的故事，又有了一個全新的開始……

4

在冰一樣的黃昏，太陽就像一朵凋謝的花。

在塵土飛揚的大馬路上，有一張骯髒但可愛的臉。

這小女孩只有八歲多大，卻冒著生命危險，在擠滿汽車的公路上來回行乞，走到這輛車前「篤、篤」敲兩下討錢，又到那邊的玻璃窗貼著臉抹上鼻涕，有時冷了，便趁著紅綠燈轉紅時，愣在車尾的排氣管前暖一暖身子。

孩子，小小年紀，便被風沙和寒風弄得滿臉糙皮，黑眉烏嘴，就用她那結痂的髒手，接住路人給她的施捨，講一聲善意的「謝謝」。

只說貴州，未必多人熟知，若說到名聞遐邇的茅台酒，幾乎就是無人不識。一壺上好的茅台酒，少則數百，陳年的動輒過千，比起法國酒莊釀的名酒毫不遜色，說是富商大賈的飲料也絕無半句誇言。

國內最貴的名酒正是產自貴州，然而最窮的省也差不多就是貴州。

貧富只隔壁，莫道不諷刺！

上有天堂，下有地獄，既是這個省城的寫照，也是整個中國的縮影。

在貴陽市，應該說在內地很多大城市，都有很多蓬頭垢面的叫化子，年齡由二至九十八。這夥人特別愛在車站流連，出租車的車尾對他們來說就是雞屁股，誘惑性極大。叫化子們都相信，會坐車的人再窮也有個限度，而從出租車出來的人總有幾個零錢。

公司不請童工和老人家，體檢不過關，便閉門謝客。乞丐這個行業不同，不但老少咸宜，更是「趁幼多乞，趁老多貪，身體殘缺容易發達」。

其時正是嚴冬，春節前夕，四周喜氣洋洋，瓦屋掛彩，轎車滿道，穿著新衣的行人逛街，一片繁榮市況。

斑駁的牆垣。

灰褐的欄柵。

脫皮的輪胎。

燈盞熒熒的行車道。

一隻黑瘦的小手抓住一團髒縐的紙鈔。

她是一個小乞丐，一個笑容滿面的小乞丐。

名字叫阿紅。

阿紅瘦骨嶙峋，肚裡咕嚕一聲，又是差不多要吃飯的時候。

她的缽子裡明明有錢，卻伸手摸進垃圾箱裡，撿可以吃的剩菜來吃。翻了幾翻，找到一條玉米，雖然已被吃剩四分之一，已算是不錯的了。

在路人偶然注目之下，阿紅就蹲在路邊啃了起來。

玉米粒入口，雖然涼了，也教她肚裡暖烘烘得好受。

阿紅的目光驟然一亮，望向行人道的另一端，竟見到了熟悉的人。

她在心裡叫出了一聲：

「媽媽！小賴！」

雖然在鬧市相逢，阿紅卻沒有過去和自己的家人打招呼，恰如一個闖下彌天大禍的孩子，只敢躲在遠處偷偷張望。

遠遠瞧見有個男孩正拿著缽子，蹦蹦跳跳地走到一輛車旁。

車裡的人關上了窗。小男孩爲了引人注目，把鐵缽子放在玻璃窗上磕打。可是車裡的人佯裝聊天，故意望向另一邊側窗。小男孩索性把臉皮黏在玻璃窗上，嘴巴像扯緊的橡皮筋一樣增長兩倍。

車裡的人看了，笑得噴出口水。

但他們連一角錢也沒有給那稚童。

剛巧轉成綠燈，車開走了，小孩爲了閃避來車，跌向一邊，兩腳朝天。

阿紅在心裡乾著急：「小賴！」

原來那男孩叫小賴，就是阿紅的弟弟，年紀是一樣的，也是快滿九歲。阿紅和小賴是雙胞胎姊弟，一男一女同時由母親的懷裡出生，也就是一般人常稱的「龍鳳胎」。

只見阿紅的媽也著急，光張著嘴巴，猛地亂舞雙手，卻吐不出半個字。

小賴一邊站起來，一邊從褲襠抽出他的寶劍——這是一柄在霉黑的垃圾堆中藏了十四日的塑膠劍，上面刻有「張記玩具廠」五個字。

看到沒有壓爛寶劍，他才鬆了一口氣。

有一次，小賴和媽媽一起到公園找食物。媽媽不知吃到甚麼骯髒東西，肚子忽然疼痛起來，便比手畫腳，吩咐小賴在水池畔等她。

等候期間，小賴突然遭遇不測，被四個壞孩子圍困。壞孩子們的老大剛買了一把連射塑膠子彈的氣槍，正愁沒獵物，見到來了個好欺負的小叫化，便找他當活靶子。

小賴竄出人牆，逃跑期間大腿、偏背、後腦勺三處中彈，痛得迸出眼淚，結果還是逃不出魔掌，被幾個孩子橫拖倒拽，按在地上。

老大對人體構造一知半解，他只知道人體上最脆弱的地方是耳朵。

槍口正瞄準小賴的耳朵。

「三、二、一、〇點五……」

老大有折磨人的本事，嚇到小賴全身顫慄，連凸肚臍都變成了凹肚臍。

小賴繼續求饒。

老大露出滿足的笑意，要扣扳機了。

突然出現一個持太極劍的老人，怒喝虛劈，趕走壞孩子。

小賴得救了，半身癱軟，被老人扶住。

「就算是小叫化，也不可低著頭做人，就算有十個人舉刀拿槍圍困你，你也要有對抗十個人的勇氣！」

看著老人神威凜凜但親切的笑容，看著他拂袖而去的英雄背影，小賴好久都闔不上嘴巴。

小賴發誓不會再向任何人求饒。

此後小賴便立志做劍客。

儘管他爸爸是一個持刀行劫的刀客。

5

在阿紅七歲的時候，她害了一場大病，額上溫度直達四十。爸揹著她，媽帶著錢，由荒村的破屋跑到城市。

跑了幾間醫院，醫生都說：「這小孩得的是重病，要留院住上幾日，又要打針，不夠錢交保證金的話，我也不能作主留她，壞了醫院的規矩……」

阿紅的媽握住一大疊顏色像是從泥土裡挖出來的錢，著急得眼底迸淚，跪下向醫生求情。她無法開口說話，因爲她是個啞巴。

兩夫妻磕了幾十個響頭，滿額都是瘀青和鮮血。可是那幾個醫生不是婉轉地向他倆推薦其他的醫院，就是擺出一副「這麼丁點錢連買藥都不夠」的醜惡嘴臉。

閉門趕客。

醫德不能換錢，只有錢可以喚醒「醫德」。

找到第五間醫院，阿紅的爸叫兩母女留下，他會想辦法，很快就會回來。

這個爸爸窮賤，在城市裡無親無故，短時間內，能籌錢的方法只有以身涉險。他爬過公路旁的欄柵，望著一輛輛高速駛過的車，緊咬一下雙唇，便俯身衝了出去。

白色的轎車來不及煞車，一剎那間，就將他撞上了車頂，然後就像個人皮足球般猛滾，倒在凹凸不平的路上。

「雖然是我不對，但對方怕惹麻煩，就會向我賠點醫藥費來了事吧？」

阿紅的爸眼冒金星，伏在地上低吟著，彷彿四肢百骸都被撞碎了一半。

道高一尺，魔高一丈，鄉下人豈比得上城市人聰明？肇事車主可能對這種藉故斂財的手段司空見慣，從倒後鏡裡瞥了一眼，應變極快，立刻踩盡油門不顧而去，別人是死是活與自己毫不相干。

阿紅的爸吃了大虧，明知是自己不對，也像受了甚麼委屈般哭了出來。

險死的陰霾揮之不去，車來車往，灰塵撲面，但他無法再鬆開抓住欄柵的手，當初冒死敲詐的勇氣已縮作一團。

他只好拖著一拐一拐的腿回去醫院。

在那一角，阿紅在媽媽的懷抱裡昏睡，滿額濕漉漉的，像熨斗的底部冒出蒸氣般的汗水，而她那兩隻小眼睛眨動，黯淡的光在明滅之間灼爍，似在傳遞著一種「我想活下去」的盼望。

阿紅的媽是個沒用的女人，她滿眼的淚水根本幫不上忙。

阿紅的爸見到女兒的病愈來愈重，一邊在醫院裡踱來踱去，一邊自言自語：「連自己的女兒也救不了，我還算個人嗎？我會想辦法，我會想辦法，辦法就只有這一個了……」

他只是望了妻子一眼，然後孤身頂著寒流外出。

一走出醫院，他的手上多了一把偷回來的手術刀。

別人一看他的臉，就會覺得他是個老實人。

所以當他們見到那把刀口發亮的刀，都會老實地交出錢包。

這確實是最快捷的籌錢方法。

不消二十分鐘，阿紅的爸就黑氣沖天地回來了，塞了一包錢到老婆的懷裡，叮囑她好好照顧兩個孩子，又脫下自己身上最值錢的厚綿馬褂，裹在阿紅的身上；再脫下頸上的小玉珮，淚光楚楚地爲阿紅戴上，希望能保佑這個可愛的女兒平安。

之後他去了派出所自首。

在他蹲牢獄期間，患上傳染病死了……這是其中一個版本，也有傳言說他是被人打死的，似他這麼良善的人，就是在牢獄裡討不到任何好處。

總之一家人再團聚的時候，就是在醫院的停屍間。

「欠款未繳清，院方不准領屍。」

醫生原來只是一種冷血動物。

別說是藥費，阿紅一家連殮葬費也付不起。

在深深的絕望和內疚之中，阿紅的媽只好放棄丈夫的遺體，帶著兩個孩子回家，咿啞咿啞，對著空牆哭了半個月。

那種哭到連聲線都沒有了的痛苦，那種自己的心裡在淌血的感覺，阿紅是一輩子也不會忘記的——下一輩子也不會忘記。

阿紅住院三日，病好了，卻不見了一個好爸爸。

6

沒了爸爸之後，阿紅一家繼續行乞度日。

阿紅的家是一間很破爛的磚屋，遠離市區，沒有電力供應，撒尿的地方是個大缸，便溺的洞口直通向山坡，屋外是連番薯也種不出的田，野菇是有一點，但一吃就會中毒。

往返城市的路程需時小半天，阿紅一家都是用走的過去。

因路途遙遠，所以一去就是好幾天，日間飽嚐塵垢，夜裡餐風露宿。

爸爸在世的時候很疼阿紅，有時見她累得走不動，就會揹著她，唱著山歌似的童謠，逗得她雙頰露出紅彤彤的笑窩。

爸爸死了之後，阿紅也變成了個沒家的孩子。

因爲她的媽媽不要她了。

那樣的時代，那樣的地方，只有幸運兒可以上學，窮人更加沒有接受教育的機會……阿紅的媽是個文盲，沒甚麼文化，受了喪夫之痛，人就變得神經兮兮的。

有次，路邊有個江湖術士在擺攤，見了阿紅和小賴，無心說了一句：「這對雙胞胎會招來不幸。」

單單一句話，就害苦了阿紅，阿紅的媽弄懂了它的意思，竟發瘋似地抓住阿紅，將命運的過錯全責怪在這小女孩的身上。

兩個小孩其實也不願分開，同著一條心，一個死握住媽媽的手不放，央求道：「對不起，媽！求求妳不要不要我！」一個死扯住姊姊的手不放，猛叫道：「媽！姊！媽！姊……」

但阿紅的媽孤行己見，孩子們的哭嚷自然聽不進耳裡，就將阿紅遺棄在街上，硬生生拆散這對雙胞胎姊弟。

舊時代的中國，甚至是在現今的中國，鄉下人中了舊思想的毒，迷信嚴重之餘，在國家的一子政策厲行之下，仍會抱著畸形的重男輕女觀念。從前，結紮手術尚未發達，有些村民發覺生下來的孩子沒有雞巴，就會將她吊入井中淹死；現在就文明得多，一照超音波發現是女的，立即打掉胎兒就一了百了。

況且，貴州是相對落後和貧窮的省分，單親母親無力撫養孩子，生活困頓，假使只能養活一個，要子不要女也是無可厚非的事。

阿紅被遺棄之後，掛念家人，曾覓路回去舊家。

她走了過多的路，腳底起了水泡，在破屋外痛哭，連跪了兩日，差點因發燒而昏死過去，那道門卻紋絲不動，更甭說感動裡面的人。

母親依然無動於衷。

阿紅死心了。

一個可憐的孩子，孤伶伶地流著淚，在荒涼的山路上走著。

幸好有個好心的農夫駕著平板車經過，問她爲甚麼難過，十分同情她的遭遇，載送她到市區，又請她吃了頓飯。

自那天起，阿紅一直在街上乞討。

每天肚餓了，就到酒家的後巷，撿些冷飯和包子來充飢。

幸虧她是個小不點，吃的份量不多，很容易就會飽。

阿紅已變得很少哭，因爲沒有大人讓她撒嬌，就算她哭出來，憐憫她的大人也做不了甚麼。

其他人不知道阿紅的故事，他們只覺得這小女孩出來行乞，很是可憐，大都會掏腰包給她一元幾角。有些壞心眼的路人看見阿紅「生意興隆」，就會向友伴說：「有甚麼好工作介紹給你？做乞丐吧！」

阿紅見到缽裡的錢多了，心裡想到的就是媽媽的微笑，還有媽媽和弟弟吃魚吃肉時的情景。

阿紅認爲爸爸的死是她的過錯，所以很努力地乞錢，就是爲了向僅存的親人補償罪過。

她知道這生再也無法得到母親的原諒，但始終期盼家人能過上好日子，得到應得的幸福。

農曆年初一前夕，大除夕的黃昏，處處透著年夜飯的飯香。

阿紅的收穫也不錯，捏住缽裡的人民幣，全放入塑膠袋，接著慎重地藏入懷裡。一再確定錢財沒有外露，她就開始上路，大步又小步地走出城，徑直往遠郊的方向前進。

星辰繁多，針林疏疏，也不怕迷路。

阿紅回想起中午的情景，心裡甜滋滋的，暗喜道：「今天眞幸運，老天爺應許了我的新年願望，讓我在街上見了媽媽和弟弟一面。」

阿紅走慣了山路，也不怕黑，長途跋涉，只是為了回去那個不是她的家的家。

那些乞回來的錢，她連一毛也不敢多取，悄悄來到媽媽家的門外，就將摺成一疊的錢塞入門縫下面。

記得某一年的春節，她的缽子裡疊滿了鈔票，一連幾天媽媽的笑容都非常欣悅，就似看到孩子的成績單全是滿點。

阿紅雙手合十，祈了個願，然後轉身離開。

便在此時，門縫徐徐掀了開來，一個男孩探頭出來張望。

阿紅在心裡驚叫了一聲：「小賴！」

原來小賴知她會在晚上前來，趁著媽媽已經熟睡，便偷偷溜了出來，瞞著媽媽，和姊姊見一見面。

阿紅和小賴相擁而笑。小賴懂事，憂心姊姊未吃飯，便準備了一包飯糰給她，又知道當晚是大年夜，想著姊姊，便一邊裝睡一邊等她出現。

這年頭做乞丐競爭激烈，除了捱冷和受人白眼，還要忍受同行的凌辱。有次阿紅運氣不錯，缽子裡滿滿的鈔票，卻被一個從冷巷衝出來的老乞丐搶走整個缽子，小乞丐不敵老乞丐，害她呆在當地哭紅了眼。

那一幕，映入小賴的眼裡。

此後，小賴晚上加緊練劍，立志要保護他的姊姊。

小賴拿出他的玩具寶劍，在井邊亂揮一通，似是想讓阿紅看看他新創的劍法。

阿紅害怕會被媽媽發現，便輕聲道：

「小賴，姊要走了，新年快樂。」

小賴平日不愛說話，這時卻目光爍爍，許諾道：

「姊，我會保護妳的，不許別人再來欺負妳。」

阿紅走了兩步，驀然停了下來，眼淚已經奪眶而出。

她再望了小賴一眼，拉了拉淚水，笑一笑，繼續回頭走自己的路。

這樣就夠了。

哭著笑，笑著哭，獨個兒在林中走著，感覺卻不再孤獨。

她仰望著遼闊的星空，感激老天賜予她的幸福。

阿紅不哭，她只會笑，她是星光下的孩子。

7

在林中的某處，有一座隱蔽的小破廟。

時已夜深，阿紅通常在送錢之後，無力趕路回城，就會到那小破廟露宿一宵。那小破廟眞的小得可憐，傳統信仰不及拜金主義，這年頭的神仙也沒地位可言。阿紅偶然發現小破廟，就將在城裡拾荒得到的蠟燭、水樽……藏在裡面，放入爛棉被，再鋪一層厚紙皮，就成了一個小小的安樂窩。

這裡雖然並非全然了無人跡，但裡面和垃圾崗無異，看到那張發霉的爛棉被，正常人也沒心情偷拿東西了。

當晚阿紅正要走入破廟裡睡覺，卻聽到草叢裡忽然沙沙作響。

阿紅驚慌起來，孤魂野鬼倒不怕，最怕反而是居心不良的壞人。她便捏緊了心口上的小玉珮，喃喃自語道：「阿彌陀佛、阿彌陀佛……」

星光如畫，眼前一晃，從草叢裡走出一個男孩。

他對著阿紅，說的第一句話就是：

「救我！」

但他發現眼前的人只是個女孩，愕然之間，也不禁感到失望。

阿紅聽出他口音不同，說的是普通話，當下就用普通話與他對話。問了問，就知道他叫周吉林，比阿紅大上三歲，來自北京，對於貴州方言可是一句也不懂，果然不是本地的人。

周吉林急得冒汗，一番解釋糊裡糊塗，還怕阿紅聽不懂。

阿紅沉默了片刻，然後目光一亮，問個明白：

「哦……你走失了？」

周吉林暗喜，立刻回答：

「不，我被綁架了，剛剛逃出來……」

阿紅懵懂地回應，見他身上滿是泥巴，外面又冷，便請他進去破廟坐一坐。周吉林跟著阿紅摸黑爬入廟裡，破廟裡幽暗無燈，卻看到一雙澄澈的眼睛，如貓眼石般在夜裡放光。

那雙漂亮的眼睛屬於阿紅。

阿紅好心，便借出一點地方，讓周吉林暫避一晚，先不管他的話可信不可信，馬上拿出弟弟給的飯糰，分出一大半，用來款待這個落難的新朋友。周吉林縱然覺得難吃，但餓了大半天，手上就算捧的是樹皮，也須含著淚嚥下去。

雖然周吉林身穿的外套滿是泥巴，卻是一件名牌貨。

當阿紅聽到這件外套的價錢時，心臟有好幾秒處於麻痺狀態。

如果一套衣服可以顯出一個人的身分，那麼這個孩子一定出身自大富之家，一定吃得飽穿得暖，絕不會無緣無故在荒郊迷路，陪著阿紅躺在又霉又臭的被窩……

這兒荒涼一片，難得有伴，阿紅便不斷逗周吉林說話。

但周吉林很倦，不一會兒就迷迷糊糊地睡去了。

翌日東邊日出，周吉林一覺醒來，便跟著阿紅徒步走向貴陽市，途中歇息，脫掉鞋子一看，腳底的水泡都已滲出膿水。

一路上，阿紅覺得周吉林的話新奇，便老是纏著他聊天。

「你很有錢嗎？那些壞人爲甚麼要綁架你？」、「我只聽過《乞丐王子》的故事，未聽過《麵包大俠》的故事，你給我講講好嗎？」、「哦，原來有錢人的生活是這樣的，做有錢人可眞好得很啊……」

阿紅突然用面巾矇著雙眼，興致勃勃地說：

「你跟我說了那麼多有趣的事，我也要表演自己的『特技』給你看。」

「特技？甚麼特技？」

「我不用張開眼睛，也能走路。」

只見阿紅踏著山溪間的石塊走路，左一步右一步，甚至做出高難度的奔躍動作，竟是步履如常，絲毫不像一個雙眼被矇住的人。那些石堆奇形怪狀，不規則之極，要是不慎走歪了一步，只怕就會跌個頭破血流，但阿紅最終安然無恙回到山路上，稚臉上更無半分懼意。

周吉林嘖嘖稱奇，不由得問：

「妳是怎麼做到的？」

「我也不知道。我教過很多人，但他們都不會，只有我可以做到。」

周吉林以爲她在裝神弄鬼，心想：「我肯定她有偷看。」前些日子，他在北京看過全國門票最貴的雜技團演出，阿紅就算懂得閉著眼走路，在他眼中也只不過是雕蟲小技。

路途本來很遠，聊著聊著，路也就縮短了。

到了市區，在阿紅領路之下，周吉林來到了派出所。

春節期間，派出所內懶氣洋洋，當班的警察正在打呵欠，對於周吉林的報案，很明顯是一副愛理不理的態度。恰巧有些大人也來報案，塞了幾個大紅包到警察的手中，警察當然就會優先辦理他們的案件。

在派出所裡等了半天，阿紅和警察哥哥靠在一起，站著看電視，看到精彩處，便伸手喚周吉林過來。

周吉林沒精打采，自怨自艾：

「不屑看！我由出生到現在，從未看過五十吋以下的電視。」

儘管與阿紅爲伍，他卻打從心底裡瞧不起她，只想盡快結束這種噩夢一般的生活。

到了這時候，周吉林終於發覺那警察在敷衍他，心中沉不住氣，便衝到檯面，拍桌道：

「你知道我爹是誰嗎？」

周吉林犯了一個大錯，竟在這時擺出少爺的架子，有意抬出親爹的大名。

那警察盯了他一眼，笑道：「如果你老子姓烏，我就知道他的名字。」

周吉林不知這是套話兒的把戲，隨口答道：「烏？我爹可不是姓烏，他姓周。」

那警察大笑道：「不，你老子姓烏，全名是烏龜！」

周吉林一時氣往上沖，大聲嚷道：「我的爹爹是周金庫，北京的首富！」

那警察先是一怔，然後笑歪了嘴，嘲諷道：「小毛頭，你吹牛皮不打草稿嗎？北京的首富是誰我不知道，但甚麼周金庫嘛，這名字我一定未聽過。」

周吉林心頭火起，拋出一句：「孤陋寡聞！」

那警察瞪著他，兩條粗眉擠往中間。

「小朋友，你報案是爲了甚麼？」

「當然是因爲我被人綁架。」

「那你好端端地站在這裡，還有必要報案嗎？」

周吉林突然語塞，阿紅比較機伶，便代他答話：「他走失了，總要找爹娘吧！」

但那警察做事散漫，草草了事，嘴裡說會爲周吉林備案，實際上是想打發他走。

周吉林想留在派出所裡，那警察便露出惡相，罵道：「走、快走！你在這裡會阻礙我辦公。打去你北京的老家又無人接聽，明早再過來一趟，一有消息就會帶你去見老爹老娘。」

兩個孩子走了出去，周吉林嚷著肚餓，阿紅就說身上沒錢，想吃東西的話，要不你跟我到酒樓後巷走一趟，要不就等我到街上乞幾個錢。

這老半天，周吉林就在街上看著阿紅行乞。

周吉林的目光忽往阿紅的鐵碗裡打轉。

他又看了那邊推車擺賣的玉米販子一眼，實在抵受不住誘惑了，便說：「阿紅，我肚子很餓，妳借我一點錢吧！之後我會十倍還妳。」

話一說完，他的臉頓時紅了，任何人都知道，向乞丐討錢是一件多麼厚顏無恥的事，更何況他是比她大上幾歲的哥哥。

但他的臉皮實在太嫩了，做不了叫化子；肚皮也太薄了，受不住飢餓的煎熬。

「給你的，不用還。」

阿紅向周吉林伸出碗口，竟是慷慨地讓他拿自己碗裡的錢，一團辛苦乞回來的錢。

「這點小錢，我一定會還妳。」

嘴饞的口水差不多要流出來了，這孩子還要講面子。

不久，就看見他在那邊獨享香噴噴的玉米。

阿紅的錢是留給家人的，平日也不捨得亂花錢。但她看了周吉林所幹的事，只是笑了笑，好像瞧著他吃比自己吃更饒有趣味——施比受更有福，這道理別人不明白，但她卻比誰都要明白。

此時此刻，周吉林正狼吞虎嚥地吃著玉米，從前把這種食物咬兩口就扔掉的他，現在卻把一條玉米吃得一顆不剩。

至於他是怎麼從賊窩裡逃出來的，連他自己一想起來，也覺得很是不可思議……

8

「新年快樂！」

他是一個很有禮貌的人。

「周金庫先生，你的兒子在我的手上。我們這邊有位大夫，他很喜歡動手術，很想對你的兒子開刀，從他身上取走一些東西……我們要求的贖金是八千八百萬，破財擋災，稍後會有專人與你聯絡。再見。」

中國是禮儀之邦，他是一個很有禮貌的綁匪。

周吉林在昏昏沉沉之際，聽到一個陌生男人的聲音。

睜開眼，眼前是個劍眉星目的男人，語調徐緩而冰冷，不凡的魅力比得上在電影裡看到的大明星。

當那男人察覺到周吉林悠悠醒轉，就從前座轉了個身，伸出一隻大手掌來罩住他的臉。

當那隻手掌在眼前一揚，就似附著催眠的魔力一樣，令人昏昏欲睡。

周吉林最後看到的就是他的掌紋。

然後他又再度昏睡過去。

綁匪的車駛進一間倉庫。

倉庫內一片凌亂，顯然是荒廢已久。

周吉林看到凌亂的倉庫，已是醒過來之後的事。

醒轉後，周吉林發覺自己全身被五花大綁，嘴巴被牛皮膠帶封住，被關在一輛四門緊閉的私家車裡面。周吉林暗自打了個哆嗦，隨即想到這就是電視劇上常見的綁架橋段，然而這次他不再是躺在沙發上觀賞的觀眾，而是生死未卜的受害者。

周吉林沒有說謊，他爸爸的確是當年的北京首富，只不過他的財產來自黑錢，皆是見不得光。這樣的大鱷級鉅賈日夜防範，竟也著了歹人的道兒，由此可見這次的綁匪肯定是超級專業的高手。

至於周吉林後來是如何逃出魔掌的，說出來也未必有人相信。

阿紅後來聽他憶述，同是感到不可思議。

首先，奇怪的是綁著他的繩子竟然不是死結，他轉身用力一扯，繩子就鬆開了。

接著發生的事更是奇怪，車門就在此時「咯」的一聲打開，有個穿紅褸的男人伸了個腦袋進來，嚇得周吉林差點咬斷舌頭。那男人有張很怪的臉，並不是五官奇特，而是因爲他將自己的臉裹在一隻絲襪裡。

那絲襪蒙頭的男人拉了他出來，壓著聲線說話：

「我叫絲襪超人，是來救你的。」

絲襪超人？

只聽說過有頭戴絲襪的壞人，卻未聽說過有頭戴絲襪的好人。周吉林腦裡空白一片，但看那人的眼神並無惡意，又肯定他不是之前見過的那個綁匪。

「你這小鬼的命可值錢了……賊界正在舉行『盜王大賽』，決賽題目就是要騙你爸爸的錢，所以兩大賊幫的頭目都在打你的主意。」

周吉林仍未撕掉嘴上的膠帶，但他的眼神好像在問：

「那你又是甚麼人？」

「而我，就是一個來救你的好人。」

浮現在絲襪上的笑容既陰沉又可怕。

倉庫裡並排著兩輛車，絲襪超人又向周吉林下了一個指示：

「不想死的話，你就要照我的話去做，明白嗎？捉迷藏，你懂嗎？我後面有一輛貨車，你就一直躲在車底下，千萬不可作聲……」

那人頓了頓，繼續道：「我會設法令壞人開車離開這裡，你在心裡由一數到五百，跑出倉庫，在外面的公路左轉……記著，到了外面之後，千萬不可相信任何人，不可對人說起你爸爸的事。」

儘管周吉林心裡有千百個問號，卻連發問的時間都沒有，已經被絲襪超人推到了車底下，他只好順勢鑽入裡面。

隔了半晌，聽到了斷斷續續的腳步聲。

周吉林以額角緊貼地面，用手掌掩住自己的口鼻，連氣也不敢喘一下。不久，就看到兩雙皮鞋匆匆接近他的所在地。

受到視線角度所限，外面的兩個人看不見他。

「咦！孩子怎麼不見了！」

「糟糕！難道被他逃脫了？他應該走不遠，咱們快去追！」

兩句話都是出自同一個人的口中，周吉林更認出是絲襪超人的聲音。

莫非絲襪超人和綁匪是同一夥的？

他是爲了正義才救我？

盜王大賽，那是怎麼一回事？

周吉林思考著這些沒有答案的問題。

在狹小的縫隙裡，只見旁側的車輪向前滾出。

接著的事他也不是記得很清楚，他逃出倉庫後，只顧追著月光的方向，在黑暗籠罩的爛路上不停地奔跑。後來曾向幾戶人家求救，但因爲方言不通，那些人不是摸不著頭腦，就是漠不關心……

他沿著山路走，就遇上了阿紅。

周吉林是個草包，確信警察是好人，所以還是到了派出所報案。

「你是怎樣逃出來的？」

「有一個戴著絲襪的人，他……」

「絲襪？」

「我的救命恩人……他說他叫絲襪超人。」

這麼不合情理的事情，說出來也未必有人相信，就算八歲的阿紅願意相信，成年人們也只會把他這番敘述當作瞎編出來的假話。

再者，沒有用現金作爲通行證，警察大哥們是不會理睬一個小孩的。

9

車潮退了，夜幕徐徐垂下。

春節期間，財運不錯。

阿紅點算今日的「收入」，全數放入口袋之中。

她帶著愉快的步伐，來到周吉林面前，笑著說：「喂，周吉林，今晚我要去一個地方，你跟我一塊兒去，好不好？」

縱然連下一分鐘的安危也成疑問，小孩貪玩的天性難改，再者人生路不熟，周吉林始終擔心會再遇上壞人，所以寸步也不敢離開阿紅。

他見了阿紅殷切期待的表情，好奇不已：「妳要帶我去甚麼地方？」

阿紅賣個關子道：「世上最好玩的地方。」

接著她又多說了一句：「這地方……人人歡迎。你若有興趣，要跟我去也是無妨。」

乞丐覺得好玩的地方!?

這會是怎麼樣的一個地方？

周吉林買盡天下玩具，去過歐美日三地的遊樂場，卻十分渴望見識一下阿紅今晚要去的地方。

阿紅趿著一雙破鞋子，帶著周吉林亂穿馬路，開始一段特別的旅程。

周吉林一路上套她話兒，卻是枉費唇舌，阿紅笑嘻嘻的，甚麼也不肯說。

阿紅肯說的就只有這一件事：「那個地方有個很有學問的先生，他是個充滿智慧的人，只要你將你的難題告訴這個人，他一定會給你最好的主意，甚至教你解決難題。」

周吉林聽了，暗中盼望：「我想見爹娘，他能幫幫我就好了。」

兩個孩子在人潮中推擠，在小巷裡快跑，在鳳凰木下歇息，腳印從泥路延展到石路，再踏上磚頭路，跨越了幾個區才稍微接近目的地……周吉林累得半死，仍不禁對阿紅的耐力讚不絕口，他相信吃一個飯糰產生的熱能也許夠她跑十公里。

兩人停了下來，來到一座毫不起眼的公廁前。

周吉林目瞪口呆，心想：「世上最好玩的地方？難道這裡是以糞便爲主題興建的兒童樂園？」他惘然地走近公廁，阿紅含笑以對：「就是這裡，我們進去吧！」

公廁門外有一個長期駐守的老人，街坊都叫他「黑將軍」，並不是因爲他有威猛的外表，而是因爲他有一排黑中帶黃的牙齒和黑得發紫的指甲。

聽說黑將軍曾當過兵，退役後就在公廁正門站崗，負責向每個到裡面舒服過的人收取小費〔註〕。

正値喜氣洋洋的春節，他便多送了一句話：「祝君今年永無便祕、遍地黃金！」

黑將軍老人托著菸筒，正在塡充菸絲，看到阿紅來了，露齒微笑。說不出到底是甚麼緣故，他很喜歡這個小女孩。

「阿紅，新年快樂咯嘛哈！」

「黑將軍大人新年好！我想向你借水龍頭，可以嗎？」

「你克用哈！阿個娃兒白生生哦，妳勒新朋友？」

「是呀！他叫周吉林，北京來。」

黑將軍說的其實是貴陽方言，周吉林只能聽個半懂。

老人笑吟吟地看著周吉林，他的牙齒也全是黑色的。不過周吉林不敢太接近那老人，因爲他的一雙手也黑得和灶底一模一樣，只怕會有一些不知名的病毒。

兩個孩子繞到公廁後面，一個捉住塑膠管的頭，一個輕輕扭開水龍頭。

阿紅打開小麻布袋，拎著白面巾和肥皂。她用指甲刮起一小片肥皂，和著清水洗成泡沫，先塗在臉上打圈，再用手心抹走，一輪揉搓後再抹在腳上，進行洗腳的程序……最後用半條毛巾擦乾淨身上的泡沫。

阿紅要周吉林照做，周吉林懷疑她那條毛巾有跳蚤，堅決不肯。

周吉林滿懷失望。

「那老伯就是妳所說很有學問的人？」

「當然不是他！我要帶你去的地方，根本不是這裡。」

註：那年代入公廁尚須付錢。

「那……妳幹嘛帶我來這裡？」

阿紅咯咯笑著，問道：「你看我在做甚麼？」

周吉林想了想，略帶猶豫道：「妳在洗手、洗臉、拭去身上的灰塵……似乎是……要去一個重要的宴會。」

阿紅點頭道：「今天呢，要不是有你在場，我還會在這裡洗澡呢！因爲我將要帶你去的地方，那裡只歡迎乾淨的孩子。」

阿紅愈說愈奇了，如此隆重其事，到底去的是甚麼地方？只見她把毛巾拿到吊繩上晾起，跟黑將軍告別一聲，接著用鞋子輕敲著地面，走上大街。周吉林早已心急火燎，忙催促她快走，問她還有多久才會到達。

阿紅說，還有一個街口就是目的地。

涼風吹葉，沙沙作響，地上有爆竹的空殼。

還有一張被人丟棄的報紙。

都被一陣急風吹起來了。

報紙上寫的日期是一九九八年一月二十八日，丁丑年正月初一。

阿紅還不知道，命運之神正在等候著她。

兩日後的新聞標題，將會是：「苦命孤兒爲救富家子，慘遭匪徒毒手……」

10

人類自古愛做買賣。

周金庫也不例外。

低價買入，高價賣出，乃是做生意的不二法門。

周金庫比誰都明白這道理。

他買賣的是人體器官。

兩千元買入別人的腎，再以二十萬元的價格賣出，賺的是一百倍的暴利。雖然他的學歷只有小學程度，但他的月薪肯定教名流大學的畢業生望塵莫及，哪怕這個人唸的是甚麼牛津、哈佛。

周金庫的辦事處位於北京市的黃金地段。

只看門面，就是一所普通的綜合醫院。

在日間，這裡的確是敲詐老百姓藥費的醫院。

但到了晚上，周金庫就會坐在院長室的皮椅上，悠悠然吸著雪茄，冷眼看著每個經特別通道押送來的人。

這些人都是衣衫襤褸，清一色的窮鬼。

「你要賣甚麼？」

周金庫總是開門見山地問。

肝臟有它的價格，皮膚有它的價格，腎臟有它的價格，眼球也有它的價格……血漿也可以像紙包橙汁般散裝出售。

身體髮膚，受之父母，這個顯淺的道理誰人不懂？

可是，無論是甚麼人，總有急需用錢的時候。

譬如，有人欠了一屁股賭債，惡徒們就會將刀子架在他的脖子上，搞不好還會砍掉他的雙手和雙腿來洩憤。

與丟掉性命相比，損失一件器官實在划算得多。

九〇年代初，中國的經濟尚在起飛階段，國有資產陸續被大財閥收購，金銀錢財如熱泉暗湧般翻滾。時勢造英雄，周金庫乘勢經營地下錢莊，逼人借錢，逼人還高利貸，然後逼人販賣器官，這就是他的發財之道。

但周金庫爲了節省成本，請來動手術的都是庸醫。

只管摘下的器官是否新鮮，不理活人的生死。

少了某樣器官的人本來就是高危險群，從周金庫那裡走出來的更是九死一生。

有些人甚至在手術途中暴斃。

幸好周金庫的手下不只有醫生，還有最優秀的律師。

只要有恰當的公文，就可以逃避一切罪責，逍遙法外，繼續掙錢。

周金庫一生人難得慷慨，卻會主動爲枉死者出錢火葬，背後的動機就是要毀屍滅跡，又或者是連死人的器官也不肯放過。

扛喪的受害者家屬在眼前經過，他也可以視若無睹。

自古官場有個潛規則，大陸的術語叫「走後門」，周金庫想賄賂高官，卻從來不走後門，總會大搖大擺穿前門而入，浩浩蕩蕩，就像迎親時挑喜餅、擔聘禮的隊伍，抬了兩大籮現鈔進去，用紅布覆蓋，金銀滿屋，大官見了自然眉開眼笑。

拜的官多自有官庇佑，做起骯髒的勾當更是肆無忌憚。

無惡不作，無往不利；

大奸大惡，大富大貴。

如果把所有黑錢公開，周金庫眞的有可能是北京首富。

他自有一套人生哲理：「誰曉得死後眞的有天堂和地獄？反正人本來就是動物，你不吃別人，別人就會吃你。古往今來，善者枉死，只有惡者才能長壽。只要自己活得好，害死別人有何難受？嘿，我的孩子有屁股，證明上天沒有否定我的做法。」

周金庫有個好兒子，在學校寫作文，題爲「我最尊敬的人」，大多數同學都寫雷鋒、魯迅等名人，就只有他兒子這樣寫：「我最尊敬的人是我爸爸，因爲他把最好的一切給我。」老師打了個高分數，貼上壁報，周金庫大悅，賞了那老師一面眞金表彰牌。

周金庫常常掛在嘴邊的一句話就是：

「車子的引擎需要油，成功的引擎需要血。」

可是他怕疼，從來都不會教自己流一滴血。

流的都是別人的血，有可能是部下的血、仇人的血、朋友的血……甚至是連姓名也不知道的人的血。

周金庫沒有一絲悔意。

因爲他很富有，得到一切最奢華的享受。

善惡到頭終有報——誰會再去相信這種鬼話？

蒼天無眼，神祇名存實亡，這是豺狼當道的時代！

然而，這一次，盜王亞善聽到周金庫的事，決定要親自出手了。

11

甜食惹來螞蟻，財富也招來盜賊們的窺伺。

就是因爲太有錢，周金庫經常成爲賊人的目標。

周金庫的豪宅位於北京的黃金地段，每個月至少有四個小偷潛入盜竊，連那套價值十幾萬的防盜系統也被小偷拆走，家裡養的狼狗嘛，都變成了小偷們慶功時下火鍋的配料。

直至周金庫花錢買通北京市兩大黑幫，才可以將帶出門的鑰匙減少十二把。

但有些人對錢財不感興趣，他們想要的只是周金庫的命。

周金庫行商奸詐，拆散不少家庭，樹敵眾多，人神共憤。

那些受害者想給周金庫一點教訓，更想過買凶殺人。

但周金庫的人頭市價太高，沒人付得起這一筆錢。

「他給你多少錢？我出三倍，你把他的狗命拿來給我。」

就憑這句話，周金庫打發了不少殺手，而且幾乎招攬了全市的職業殺手。

哪怕眞的有一意孤行的殺手，那些人也闖不過周金庫四個保鏢那一關。那四個保鏢都是這個行業裡的菁英，有兩個當過兵，有一個是打泰拳的冠軍，有一個前身是故宮博物院的看更。

無論周金庫去哪裡，那四個保鏢也會如影隨形，比貼身攜帶的衛生紙更可靠。

就像這一次，儘管家人都說他杞人憂天，他還是要求那四個保鏢全程護送。

周金庫身在北京，卻是重慶人。這個農曆新年，一家人回重慶探親，便從空路抵達了重慶江北國際機場。

周金庫在北面吃得開，南方的賊子可不會給他面子。

在機場下機，出閘後不過五分鐘，兒子就不見了。

周家上下急得慌了，不只是兒子，居然連保鏢也不見了，一時之間徬徨至極。

這時候，行李箱裡傳出一陣不熟悉的電鈴聲。

周金庫打開來看，發現多了一部對講機。

對講機的喇叭發出綁匪的聲音：

「周金庫先生，你的兒子在我的手上。我們這邊有位大夫，他很喜歡動手術，很想對你的兒子開刀，從他身上取走一些東西……我們要求的贖金是八千八百萬，破財擋災，稍後會有專人與你聯絡……」

周吉林被綁架了。

那四個貼身保鏢在哪裡？其中兩個被反綁在廁所的廁格裡，其中一個到小店買香菸，剩下的一個失蹤了，後來在失散人士集合處與他碰面。

周金庫大罵：「都是飯桶！」

他既擔心自己的獨子，又心疼自己的銀子，和親人商量過後，還是決定到派出所報案。

就在他前往派出所期間，身邊又出現了一陣突如其來的電鈴聲。年二十八晚，周圍都是擁擠的人潮，但響聲的源頭竟在自己的身上。周金庫伸手摸進大衣的口袋，找到一個迷你計時鐘。計時鐘上畫了個憤怒的娃娃臉。周金庫踉蹌退後幾步，下半身忽然感到一陣涼風。皮帶忽然無故斷開，整條褲子往下掉。他出了一個大糗，趕緊拾起褲子，這才注意到褲襠中間插著一枚刀片。刀片上寫著紅字。

——停！

擲地有聲、強而有力的一個字。刀片毫釐不差地插在褲襠中間，要是向上偏移半吋，他就是斷子絕孫了。對方的意思再明顯不過——要取你的狗命其實游刃有餘。周金庫嚇出一身冷汗，惶惶然東張西望，行人潮湧，卻找不到半個可疑人物——他之前雙手曾經插在口袋裡，當時裡頭還是空無一物，現在竟然多了一件東西，又被割開了褲襠，對方的手法眞是神不知鬼不覺，簡直就像有兩隻凶靈的手在他的身邊盤纏。

事實擺在眼前，這次遇到的是超級專業的盜賊，對方帶著縝密的犯罪計畫而來，手無寸鐵的人絕對鬥不過這夥大賊。

權宜之計只有知難而退，周金庫於是掉頭，乖乖回去酒店。

回到套房，他拉好窗簾，掩得密不透光。

周金庫行事謹慎，到接待處訂了另一間房，然後在那裡打電話。

握住聽筒的一刻，他仍然心有餘悸，確認再也沒有計時鐘的響聲出現，這才打出一個求救的電話。

他要聯絡的人是黑爺，此人就是北京第一大黑幫的首領。

只要黑爺一開口，全中國的賊子都要給他面子。

周金庫簡略交代了事情的經過。

聽筒中，黑爺聲音低沉，問道：「刀片？你是說收到了刀片嗎？唉，我剛收到的風聲果然是眞的……你這次惹上不得了的傢伙。」

周金庫震驚道：「他們是甚麼人？」

黑爺道：「這夥人行事詭祕，我所知也不詳。只知他們的首領叫亞善，是中國的盜王。」

黑爺又說到，北京市紫禁城內，每四年就會舉行「盜術奧林匹克」，各省高手聚首，奇技淫巧百出，既有陝西著名的「七步解鎖手」，亦有遠至新疆的「漢堡神偷功」……數日之內，鬥賊藝鬥騙術，技壓群雄的冠軍，便是天下公認的盜王。

這個亞善就是上一屆的勝利者，今年的目標是二連冠。

亞善從來不派名片，只派刀片。

他盯上了的獵物，即使是黑爺也不便干預。

周金庫聽到對方的來頭，心中打了個冷顫，央求道：「黑爺，這次就只有你能幫我！我……我本人在生育上有點毛病，很難得才誕下這個心肝寶貝。」

居然連這種隱私也說了，黑爺不幫忙也太不夠厚道了。

「哦，這樣啊……這事非常棘手，我的弟兄也要吃飯的，就收你那筆贖款的五折作爲酬勞，你看怎麼樣？就算付了全款，對方也會撕票的，你信警察還是信我？」

盜賊，他也是搶錢的盜賊。

縱有諸般不滿，肉在砧板上，周金庫也只有就範。

12

鉅富的兒子正被乞丐的女兒牽著鼻子走。

阿紅說要帶周吉林去世上最好玩的地方，周吉林到了該地，看到入口旁的牌匾，差點就要翻白眼嘔白泡。

周吉林覺得自己被耍弄了，把嘴一噘，嘟噥道：「甚麼嘛，牛皮吹得這麼大，原來就是學校！」

阿紅道：「你這人老是愛挑剔！我趕時間，快跟我走吧！」

他倆就像盜賊一樣，從小門偷偷潛進學校裡面。

照道理說，沒有小學會在晚上開課，更沒有老師會在大年初一授課。周吉林聽過小學分爲上午班、下午班，就是沒聽過會有「晚上班」。

晚上的校園格外寧靜，有點荒涼，也有點古怪。

遠方傳來一些若有若無的孩童嬉笑聲。

整幢學校只有一間課室亮起淡黃色的光。

還好不是碧綠色的光，否則周吉林會以爲看見的是鬼火。周吉林又看了阿紅一眼，確定她的眼耳口鼻齊全，才放心追前半步，跟著她往那個亮著燈的課室進發。

一進入課室裡面，看到的是一群衣衫襤褸的孩子。他們有手有腳有影子，不是鬼魂，是活生生的人。愛動的孩子在嬉戲蹦跳，好靜的孩子在塗畫黑板，勤奮的孩子在練字，懶惰的孩子在發呆。

周吉林心想：「難道是小丐幫集會？」他見鄰座的小孩拉出六吋長的鼻涕，還沒坐下，心先哆嗦起來了。

但這班小孩看見阿紅出現，反應都是一樣：閉上嘴巴，返回座位。

周吉林怔怔地看著阿紅，他相信阿紅在這個地方很有地位。

只見阿紅板起了臉，眼神驟變，走到前排，向那個鼻涕蟲說：「小福！你別玩鼻涕好不好？你的手怎麼這麼髒？一旦有人弄髒了這裡的桌椅，我們以後都不能來這裡上課啦！」

周吉林恍然大悟：「原來阿紅洗淨手腳，就是爲了來上課。」

只聽見課室外的腳步聲逐漸接近，門外出現了一個瘦小的男人，他抱住一疊比他的胸口還要高的課本進來。這個人戴著歪歪的眼鏡框，渾身書卷臭，還有一分爲二的髮型，看樣子就是這一班的老師。

所有同學都向這個人敬禮，齊聲道：「陳老師晚安！」老師一看見自己的學生，都會自自然然地笑出來，這個人也不例外，笑得非常愉快。

阿紅和一個男同學走到前面，將教師桌上的課本分發到各行各列。

疑團再少了一個：原來阿紅是這一班的班長。

阿紅回座後，在周吉林耳邊悄悄道：「陳老師是我的大恩人。沒有他的話，我阿紅一無是處，連字也不識得幾個。」

原來這陳老師是個大好人，爲了一班窮人的子女，竟不收分文地開班授課。他本是這學校的教師，但他的工資都用來濟助學生，這春節竟窮得買不起火車票，索性就不回老家，趁著假期裡有空課室，便囑咐學生來上學，沒想到全部到齊。

約在一年半前，陳老師和阿紅在街角相遇，見這女童身世可憐，不忍心見她露宿街頭，便收留了她，在自己的員工宿舍多擺一張小床鋪，又讓她來這裡一起上學。

課堂開始了，陳老師以普通話授課，孩子們靜靜聽書，全神貫注在黑板上，用拾回來的短鉛筆和廢紙寫字。

對阿紅來說，讀書是世上最好玩的事，學校就是世上最好玩的地方。

周吉林又想通了：「難怪阿紅會說普通話，原來就是在這裡學的。」

但是，乞丐怎會有錢讀書？

有錢讀書的就不是乞丐了。

根據周吉林的觀察，這班同學都有三個共同特徵，分別是乞丐的面相、難民的身形和拾荒者的衣著。

而阿紅用的是舊課本，其他人用的也是殘舊的課本。

無論怎麼看，他們都是窮人，窮到沒錢交學費的人。

「阿紅，妳有錢交學費嗎？」

「沒有。」

「來這裡唸書，不用交學費嗎？」

阿紅一笑道：「陳老師跟我們說，現在他不收任何學費，因爲他要買我們的『將來』。只要我們學有所成，將來記住他這位老師，我們的微笑就等於是給他的學費。」

周吉林忽然想起了爸爸說過的話：「世上只有兩種人會做老師，一種是沒志氣的人，一種是沒頭腦的人。」

在某些人的眼中，陳老師是個笨蛋；

但在某些人的眼中，陳老師是個偉人。

陳老師的講課並不妙趣橫生，甚至可以用一個「悶」字來概括。周吉林心想：「大年初一來上課，這些人都是瘋子。」他自感落魄，悲從中來，思念雙親，又想：「爹爹怎麼還不來接我？我家這麼有錢，要找我出來理應不難……」

課上到一半，小休片刻。

陳老師望向阿紅那邊，注意到周吉林，驀地覺得這男孩好面善，便來到阿紅座前，摸著下巴問：「阿紅，他是妳帶來的新朋友嗎？」

阿紅點了點頭，答道：「他叫周吉林，他有事需要你的幫忙……」

陳老師狀甚驚愕，打斷道：「周吉林？他叫周吉林？」阿紅和周吉林對望一眼，不知陳老師爲何驚奇。

只見陳老師突然跑出課室外面，突然又跑了回來。

他手上多了一份報紙，打開第二版，就是一則尋人懸賞，圖片上的人竟是周吉林。陳老師說：「這件事可轟動了，各大報章都有刊登，報酬高得令人難以置信。」周吉林想到這一定是爹爹的主意，心頭一寬，登時熱淚盈眶。

阿紅向周吉林眨了眨眼，笑道：「我早就跟你說嘛，有難題解決不了，老師一定會爲我們出主意。」其實此話過於抬舉，陳老師能幫得上忙，只是湊巧他有閱報的習慣罷了。

三人來到了教職員室。

陳老師打了電話後，向周吉林說：「會有人來接你，大概半個小時後到。」

周吉林很快就可以見到家人，心中激盪無比。

他朝著課室的窗外張望，正期待接他的轎車出現。

站在一旁的阿紅還未知道，那一輛車不僅改寫他的命運，也即將改寫她的命運。

13

從窄巷裡傳來引擎的聲音。

一輛黑色的車亮著頭燈，慢慢駛到校門前。

周吉林從未見過這輛車，但他有一種深信不疑的預感，知道車上的人會來接他回家，重返富爸爸周金庫的懷抱之中，繼續過著豐衣足食的少爺生活……

這幾天經歷的事只是一場噩夢，煙雨似的噩夢。

車門「軋」的一聲打開，由車上下來的人不是別人，正是他爸爸的私人祕書之一，一個叫王萍的能幹女人。

周吉林肯定是真的脫險了，喜極而泣，撲到王萍的懷裡。

王萍鬆了一口氣似地，撫著周吉林亂蓬蓬的頭髮，溫言道：「好了，大家都找你找得很苦。我帶你回去，總算對周先生有個交代了。」接著她挽住周吉林的手，走到陳老師身前，連打招呼的時間也索性省掉，直接向他遞上一疊現鈔。

「這是酬金，謝謝您。」

那疊現鈔厚得可以把鞋底墊起六吋。

陳老師一輩子也未見過這麼多的錢，粗略估計，金額是他教書五十年的收入。他生性淳樸，樂於助人，覺得收這一筆錢於心有愧，便毅然拒絕：「其實只是小事一樁，不過是打了一通電話，我不要甚麼酬勞，這筆錢還是……」

王萍不耐煩了，打斷道：「我們急著要走，客氣的話不說了，錢就放在這裡。」然後將那疊錢扔在地上，一副毫不在乎的面孔，好像扔下的是一塊磚頭。

但陳老師還是愣在那裡，不敢動那塊沉重的「磚頭」。

王萍走了兩步，突然回頭，補上一句：「陳老師的故事曾在報紙上報導過，你不惜向學校借錢，也要辦夜校教窮人家的孩子讀書……錢交到甚麼人手上，就會有不一樣的作用，這筆錢交到你的手上，我相信一定可以造福更多的人。」

陳老師心裡想道：「我的故事？那只是報紙上的一角，竟會有人記得……」待陳老師回過神來，王萍和孩子已經上了車，沙塵滾滾，轉眼就在眼前消失。

阿紅也在車上。

原來在周吉林上車前，見阿紅靠在車子旁邊，眼珠溜溜轉地充滿了好奇，不禁想起她這兩日來對自己的照顧，便向王萍道：「昨晚她幫過我，可以載她一起走嗎？我要叫爸爸請她吃飯！」

王萍先是遲疑了一下，然後堆出笑容，說道：「這當然！」

阿紅第一次坐車，顯得有點焦慮，並且笨手笨腳地扣上安全帶，忽而看著窗外移動的景色嘟起小嘴，忽而靦腆地扯著周吉林的衣袖，小聲問道：「眞的不怕弄髒你的車子嗎？」

這個女孩笑起來時，兩頰會出現幸福的酒窩。一頭鬆散的髮，一身碎布衣著，有個尖尖的小鼻，有幻想力的人會以爲她是個淘氣的小魔女。

有種感覺難以說出來，王萍見了阿紅才不過幾分鐘，已對她產生強烈的好感。

在阿紅的眼裡，王萍是個非常溫柔的姊姊，她輕輕地撫著自己的頭髮，問起她的名字。王萍不僅打扮時髦，而且美麗得教阿紅自慚形穢——在窗的倒影中的自己是多麼地難看，阿紅第一次泛起「醜是罪惡」的羞澀感。

前座的駕駛員是個陌生的男人。

周吉林忽然想到了一件事，便問：「王姊姊，妳不是在北京嗎？怎會過來這邊？」

王萍漫不經心地一笑，語出驚人：「因爲我是賊，賊是無處不在的。」

賊!?周吉林以爲王萍在開玩笑，卻發現王萍手上多了一條繩子，以極純熟的手法將他的雙手捆在一起。

「王萍是一個假名，我的眞名不叫王萍，我是一個一直以假身分活著的人。中國很多東西都是假的，就只有騙子是眞的，認識我的人都給我起了一個外號，叫作『僞客』。而我這次的工作就是接近周金庫，獲取他的信任，然後盜取情報。」

認識王萍的人都會知道，她在僞術方面的造詣極高，只要是被她看過一眼的東西，她都有辦法做出幾可亂眞的贗品。

她自己的一切，包括面孔，也有可能是贗品。

王萍對周吉林道：「被你逃掉是我們的失策，幸好你還沒有聯絡上周金庫，而他那邊也不知道你已逃脫的消息，所以我們才想出在報紙上刊登尋人啓事的辦法，結果眞的引你上勾了。」

她不但是一個賊，而且是藝高人膽大的一個賊。

就算周吉林到派出所報案，派出所的人看到尋人懸賞，一旦動了貪念，定會爭先打電話領取鉅額獎金，這樣一來也正中王萍的下懷。

最大膽，卻也是最天衣無縫的陷阱。

周吉林嚇得面色鐵青，實在不能相信發生在自己身上的事。對世事一無所知的他來說，「笑裡藏刀」是一個陌生的成語，也是一種痛苦的經歷。

車子的速度跟剛才不一樣了，驟然加快。駕車的男人變了另一張臉，直踩著油門，彷彿騎到了天馬的身上，讓車身飛離地面似地飄起來。

一般人在轉彎前一定會減速。

很奇怪的是，這個司機與眾不同，他能夠在極高速之下以完美的技術控車，在道路上暢行無阻、左穿右插，享受超越前車的快感。

王萍一點都不覺得奇怪，因爲她知道阿渡曾經是要征服世界的賽車手。

14

周吉林的雙眼被黑布矇著。

他知道這次再落入綁匪的手中，下場一定是凶多吉少，說不定要與父母陰陽永隔。

一個逃犯回到監牢會有甚麼感覺？就是周吉林現在的感覺。

阿紅的雙眼也被黑布矇著。

阿紅起初有點害怕，當一切都靜了下來，她才慢慢扯開眼上的黑布。

著眼所見，四面皆壁，冷冷冰冰，如囚鐵籠。這裡有十二平方公尺的活動空間，中間是張彈簧床墊，牆邊有個鴨形尿盆，角落擱著小圓桌和孩童矮凳，竟然還有一箱玩具。

阿紅第一次乘車，實在吃不消，便抱起尿盆大吐。

咦，周吉林呢？

阿紅側臉一看，只見周吉林抱膝坐在紙箱裡，對她不理不睬，一副黑臉董嘴的。如果阿紅走近半步，他就大聲喝罵，叫她不要過來。

被人囚禁不可憐，最可憐是沒褲子穿。

王萍等人再無情冷血，也不會脫掉一個小孩的褲子。褲子是周吉林自己脫的……剛剛在阿渡飆車的時候，他這個沒用鬼竟然嚇得尿濕了褲子。

貨車後方的載物槽叫作車斗。

周吉林和阿紅正被關在車斗內。

車尾被扣鎖的鐵柵封死，僅有的光線由外面射進來。

再次來到這個廢棄的倉庫之中，周吉林已打消了任何逃走的念頭，只盼老爸的贖款快點送到，然後像包裹快遞一般地把他送返老家的正門。

倉庫裡燈光昏暗，內有幾道光源照明，現在只亮了一半燈。車斗靠著天窗，灑下微乎其微的月光，關上出入口的捲閘之後，就似身處與世隔絕的孤城之中。

也就是說，無人會來救援。

「軋軋」兩聲，王萍打開鐵柵，取了兩份毛毯進來，此外還有一條短褲。

王萍其實無心拐帶阿紅，見這女孩楚楚可憐，便對她說：「妹妹，妳的家在哪？我送妳回去吧！」

阿紅答道：「剛剛的學校。」

王萍有點驚訝，奇道：「學校是妳的家？」

阿紅道：「我本來是睡在街上的，陳老師見我可憐，就收留了我。」

王萍忍不住又問：「妳爸爸媽媽呢？」

話一出口，便即後悔，心想阿紅可能是個孤兒，那樣一問就是碰到她的痛處。哪知阿紅毫不在意，不當一回事地說：「我爸爸死了，我媽不要我。我以前有家，現在……我沒有家。」

原來她不是孤兒，但比孤兒更可憐。

王萍蹲下來，輕輕張開嘴巴，想說點甚麼，卻又霍地住嘴。

而阿紅看到她的眼裡有點閃動的淚光。

周吉林一邊穿上短褲，一邊瞪著王萍，露出忿忿不平的樣子，那眼神彷彿在說：「妳爲甚麼會是壞人？怎麼要串謀別人來綁架我？」

王萍遽然板起了臉，冷言道：「我的確是壞人，但你爸爸是個更壞的人。」

周吉林不忿，脫口而出：「我爸爸是壞人？」王萍又道：「看來你是一無所知……你家這麼富有，錢是從哪裡來的？」周吉林道：「我爸爸做生意，他經營醫療中心……」王萍咄咄逼人：「實情眞是如此嗎？」

「當然……是……」

說到這裡，周吉林略一猶豫。

周吉林尙是小孩，但他透過平時的種種跡象，也隱隱約約想過父親做的是非法勾當，可是他很快又極力否認這個想法，因爲父親有財有勢，所以令他覺得很偉大。這時經王萍說起，他不得不想到某年爸爸的公司擺春茗酒席，他一下車就看到一群服喪的人，怒髮衝冠，凶相畢露，佔著會場示威，好像是衝著他的父親而來……

朱門酒肉臭，路有凍死骨，貧富懸殊向來是人類世界的毒瘤。自內禍不絕，又經歷了十年浩劫之後，中國才踏上改革開放的步伐，有小部分人先富起來，富人的生活極盡奢華，而那些富不起來的人，就只有受盡折磨，連衣食都成了難題。

「甚至有人窮得要賣血……賣血村是甚麼，你聽過嗎？有個男人與妻子離婚，之後出外謀生，但他噩運連連，遇來遇去都是刻薄的僱主，儲不了大筆錢，沒有面子衣錦還鄉。後來他不知怎地迷上了賭博，轉眼已是白頭……到他醒覺時，他的女兒已經升大學啦，正爲學費的問題而煩惱。」

「這爸爸自覺畢生虧待女兒，很想爲女兒做點事，可惜多年潦倒，只剩賤命一條。於是他就想用這條賤命賺錢，碰巧認識一個做『血奴』的朋友，便在他引介之下開始賣血，平時就住在一處賣血村裡。」

「一包血値兩百元左右，一個月賣十幾次，幾個月下來，他終於籌到一筆錢，便託同鄉將錢帶回鄉，而他亦第一次收到女兒的信。他淚流滿面，更加下定決心去賣血，但他的身子已經很虛弱，賣血村的衛生又差，他開始感到自己活得不長……」

「他知道有買賣器官的黑市，趁著自己未死，便簽了合同，打算在死後將一切値錢的器官賣掉……又拜託一個同鄉，若然他遭遇不測，就直接送他入黑市醫院，錢就歸他的女兒所有。結果，眞的如他所願，他死了，那同鄉將他的器官賣出好價格。」

王萍好沒來由講起故事，忽然又嘆息道：「窮人根本無從選擇，他們的命運根本由不得他們來決定。」

周吉林嚅嚅道：「那……那女兒拿到那筆錢之後，最後有沒有過上好日子？」

王萍的眼睛裡有種看不見的哀傷。

她搖了搖頭。

「那同鄉私吞了那筆錢，亦發現買賣器官可以發財，便開始招兵買馬，做起這種骯髒的勾當，自此一帆風順，本金愈滾愈大，成了人人艷羨的暴發戶。這個人你也認得，他的名字叫周金庫。」

周吉林感到喉乾舌燥，怎樣也吭不出一聲。

未待他反應過來，王萍又幽幽地說下去：

「而我就是那個女兒。」

周吉林瞿然而驚，全身震了震。

王萍的意圖已經顯露無遺。

「你爸爸做的是器官的買賣，只要能夠移植到人體身上的器官，他都會收購，而且針對走投無路的窮人下手。你家的奢華，就是建立在別人的血肉之上……周金庫該受一點教訓，所以就要委屈你受罪，這下你明白了吧？」

王萍走入車斗裡，坐在孩童凳上，弓著身子，向阿紅道：「對不起，小妹妹，爲免節外生枝，我把妳帶來了這裡。那陳老師，他見過我的長相，我暫時不能讓妳回去學校……我又怕妳洩漏我們的事，所以這幾日就要委屈妳，請妳『暫住』在這裡……」

阿紅沒有點頭，也沒有哭。

在昏暗的車斗裡面，兩個孩子看到車尾那兩道柵門逐漸關上。

王萍親手搭上大鎖，確保這個臨時監牢沒有漏洞。

15

車斗裡擺了一箱玩具，阿紅百無聊賴，便擺好玩具餐具，叫周吉林過來陪她玩家家酒。

周吉林哪有心情陪她玩？他盯了那幾張孩童用的矮凳一眼，便又繼續板著臉，獨個兒悶不吭聲。

阿紅準備好了飯桌，就是少了食物，不由得大感納悶。

「我想吃飯啊！」

她的願望很快成眞。

王萍的同黨阿渡回來之後，這裡的人就嗅到了飯香。

王萍解開鐵柵上的鎖，走入了車斗，挽著載著餐盒的袋子，逐一端上一道道香噴噴的佳餚。

「這是根藝飯莊的辣子雞，這是胡味烤肉的串燒拼盤，再來就是遠近馳名的花溪牛肉粉……當然，少不了甜品，這盒裡就是洋芋粑粑和豆腐圓子……」

買回來的都是貴陽市的特色美食，阿紅平日根本沒機會吃到，這時看到夢幻一般的好吃東西，不由得食指大動。

原來王萍很會差遣人，叫阿渡全部買雙份，就是想請阿紅吃頓好的。

周吉林生來就是「飯來張口、衣來伸手」，這時美食當前，便自顧自打開餐盒，舉起筷子就扒飯，竟沒有將一旁的阿紅看在眼內。

阿紅試了幾口，感動得大聲讚美：「這……這是我這輩子吃過最美味的東西！」

周吉林白了她一眼，不屑道：「有沒有這麼誇張？這種級數的飯菜，在我家裡只能餵狗……」

阿紅又感嘆道：「原來坐牢是這麼幸福的。」

車斗與車頭隔了一層鋼板，鋼板上有一扇長方形小窗，阿紅踏住玩具凳，透過這扇小窗可以看見駕駛座的情況。既有小窗，又有車尾的鐵柵，這裡無疑是一個很標準的臨時監牢。

王萍正在前座閉目養神。

隔著薄薄的玻璃窗，阿紅低聲喚道：

「謝謝姊姊請客。」

王萍聽了阿紅這句天真無邪的話，真是哭笑不得，心道：「這女孩平時是窮瘋了，哪有囚犯會向獄長道謝的？」

阿渡成了兩個孩子的救星，他剛剛去了市區一趟，回來時順道買了一些日用品，還有爽身粉、濕紙巾、礦泉水……也不知是體貼抑或是諷刺，周吉林在購物袋中找到紙尿褲。

遇上這種遭遇，阿紅仍能保持笑容。

周吉林道：「阿紅，妳真的一點也不怕嗎？」

阿紅笑道：「有甚麼好怕的？這是我吃過最美味的食物，而這是我睡過最舒服的床。」

阿紅見周吉林心中畏懼，便對他說了個勵志的故事：

「我爸說過，有個總統年輕時，和人家玩牌，連續幾次都拿到很差的牌，他心情不好，就開始大發脾氣……他媽見了，就教訓他：『你必須用你手中的牌玩下去，就好比人生，發牌的是上帝，不管是怎樣的牌，你都要拿著，盡你的全力，求得最好的結果……』哈，我爸安慰了我，之後也不覺得做乞丐可憐啦。」

周吉林想了想，便明白過來，說道：「妳是想說……無論命運是多麼地糟糕，也千萬不要自怨自艾？妳爸爸的話倒有幾分道理。」

阿紅點了點頭，猛地憶起爸爸在生的時候，有一天喝醉了，就向她說出剛剛那番發人深省的話。一說完，她爸爸就墜入深思之中，像個精神病人一樣，自說自話：「咦，奇怪，我到底在哪裡學來的，竟說出這種話兒？」

儘管阿紅那時只有六歲，她卻記得爸爸教她的道理，每一句也沒有忘掉……

阿紅一提起自己的爸爸，就繼續說個沒完沒了，心中感到溫暖無比，彷彿正在享受那些早已失去的天倫之樂，而她心中的爸爸就是世上最好的爸爸。但她忽又轉喜爲悲，說她自己不好，是她害死了爸爸，所以才被媽媽拋棄……她自知年紀太小，甚麼也做不了，只能努力向人乞討，把錢送給媽媽，來補償她的罪過。

周吉林向來對別人的家事不感興趣，聽了之後，也感到鼻子裡酸酸的，胡言道：「妳尚有幾分姿色，如果妳將來做了妓女，我一定會包養妳的！」

在車頭，王萍一直戴住耳機。

原來她沒在聽音樂，卻在傾聽兩個小孩的對話……當聽到阿紅的身世，連她自己也不知道爲甚麼，竟被這孩子的話弄哭了，默默枕在膝頭上輕聲啜泣。

當晚異常寧靜，關燈之後，一切沒入完全的黑暗之中。

周吉林躺在床上，滾來滾去還是睡不著。

阿紅受他牽連，不但沒有半句怨言，反而鼓勵他，慰言道：「我們手牽手睡覺吧！你跟我說那個『麵包大俠』的故事吧！」

很久很久之前，有個由麵包變成的大俠，遇到貧窮飢餓的孩子，他會撕下自己臉上的一部分，送給孩子當作食物。麵包令孩子溫飽，令笑容重新出現在他們的臉上……這種捨己爲人的英雄未必會在現實中出現，但所有命苦的人都抱著這樣的盼望。

陽光照在車斗裡的鋼板上，就這樣熬過了一夜。

阿紅先醒來，坐在鴨形尿盆上小便。

「阿渡，我留在這裡看守人質，老大定了今日全員集合，麻煩你出去接人。亞善自己有車，你去接秦箏和于立山好了。」

這句話縱然聲浪不大，還是傳入了阿紅的耳中。

不一會兒，王萍打開鐵柵，爲兩個孩子送來兩份早餐。

那個叫阿渡的哥哥則開車出去。

整個早上，王萍都在車頭看書，不時望向隔板上的小窗，監視著兩個小孩的動靜。

中午時段，王萍又來送飯。

但這次她卻走入車斗，坐在矮凳上，突然握住了周吉林的手。

這一切發生得毫無先兆，周吉林一下吃痛，「哇」的一聲叫了出來，看看自己的指頭，竟被扎了一針，多了個紅色的小血孔。

「妳……妳對我做了甚麼？」

「抽血。」

「爲甚麼要抽血？」

「因爲要幫你動手術。」

周吉林大惑不已，問道：「手術？動甚麼手術？」

王萍眨一眨眼，故意嚇嚇他：「你爸爸經常取走別人身上的東西，我們也要從你身上取走一樣東西……放心，你不會死的。明天，我們就會送你進手術室。」

周吉林果然被她嚇著，整個人都呆住了。

王萍似有深意地笑了笑，退出車斗，關上鐵柵。

腳步聲漸行漸遠，她又回去了車頭，歇睡片刻。

阿紅悄悄湊近周吉林耳邊，小聲說：「我早上偷偷聽到……賊大王一會兒就到。」

周吉林無精打采，哀聲道：「父債子還，我眞可憐……賊大王一到，我的死期也到了。」

「我們不可以逃走嗎？」

「唉，妳還弄不懂我們現在的狀況。」

「這裡只剩下王姊姊一個，她又正在睡覺，現在正是逃走的好時機呀！」

周吉林指著車尾的鐵柵，沒好氣地說：「妳瞧瞧那邊。雖然沒人監視我倆，但有這麼一大堵東西擋住，妳且教教我如何走出去。」

阿紅在車尾的鐵柵前蹲了下來，提起那把沉甸甸的鎖。

「拿開了這一把鎖之後，我們是不是可以離開這裡？」

她的問題令人啼笑皆非，周吉林聽了只覺氣苦，冷言冷語地澆冷水：「方法很簡單，但我們絕對做不到──妳往哪裡找這把鎖的鑰匙呢？」

一個特別的笑容在阿紅的臉上泛現。

「你看，這是甚麼？」

想不到阿紅在這個時候居然笑得出來，周吉林忽然覺得她眞是不知天高地厚。

但當周吉林看見阿紅手上的東西，卻不得不舌僵了。

因爲那是一串鑰匙，一串開鎖的鑰匙。

16

阿紅手上為何有鑰匙？周吉林不用多想，便猜到她是趁著王萍和自己聊天的時候，偷偷伸手摸入王萍的口袋裡，而王萍也沒料到這小女孩會是個小扒手，上鎖又不必用到鑰匙，所以才會著了阿紅的道兒。

當王萍坐在矮凳上面，高度剛剛好，阿紅便是看準那時機下手。

周吉林盯著阿紅，又盯著外面，這才細聲說話：「妳真大膽啊……要是被發現了怎麼辦？」

阿紅笑了笑，答得振振有詞：「我這麼小，誰也不會懷疑到我的身上。我看出王姊姊是個善良的人，她不會對我怎樣的。」

由於長年在街上乞討，阿紅常和不同的人打交道，閱歷也有別於一般的孩童，間接使她變得早熟，學會了一點狡黠和生存的智慧。

周吉林透過小窗，窺探車頭的動靜，眼見王萍正戴著眼罩睡午覺，心念一動：「如果要逃走，現在就是最好的時機。」

他握住阿紅偷來的鑰匙，鬼鬼祟祟地來到車尾，拿起鐵柵上的鎖頭試了試，結果是大失所望。

阿紅問道：「怎麼了？這鑰匙有錯嗎？」

周吉林苦著臉道：「鑰匙沒錯，但還是不行……因為這把鎖是密碼鎖。」將手腕一翻，就看到密碼鎖的正面，果然排著九宮格式的數字盤。

手上的鑰匙無疑帶來了一線曙光，但不知這密碼鎖上的密碼，得到鑰匙也是無用。

阿紅倒是好奇，問了一句：「要怎麼做才可以打開這把鎖？」

周吉林道：「瞧，這裡有些數字鍵……妳要把一組正確的數字鍵按下去，才可以轉動鑰匙。不過，機率很低，只靠碰運氣一定不行。」

阿紅有心試一試，便拿起那把鎖，仔細看了看。

周吉林膽子小，一邊把風，一邊說：「嗳……還是放棄吧！要是被賊人發現了……這可不是鬧著玩的。」

阿紅一直弄來弄去，將一至九號的鍵按了幾遍，扭了扭鑰匙，突然叫出一聲：「噢，開了。」

周吉林非常愕然，問道：「妳怎會知道密碼？」

阿紅咯咯一笑，只道：「我矇著眼，也能看見東西……我看得見『聲音』。」

這番話說得莫名其妙，周吉林完全無法理解。

由相遇至今，周吉林一直覺得阿紅有異於一般孩童，她不僅聰明得很，而且經常做出驚人之舉，全都超出她這個年齡的範疇。

兩人悄悄推開鐵柵，藉助減震槓作踏腳，沿著車身攀下。

遠遠望去，那梅花吊耳型捲閘就是唯一的出口。

由上而下，捲閘掩起一大半，只剩一條縫隙，離地的高度恰好足夠讓周吉林和阿紅通過。

只要穿過它，就能逃出生天！

慢慢地，一步步走。

周吉林留心觀察著車頭的動靜，只求王萍不要察覺。

早不來遲不來，王萍偏偏在這時心血來潮，霍然張開了眼睛。

半睡半醒之際，當她回頭往車斗裡一瞥，竟發現裡面空無一人，這一嚇當眞是非同小可，右手竟不小心撞了在喇叭上面。

車頭突然發出巨響，嚇得周吉林魂飛魄散。

「糟糕！」

周吉林和阿紅你看我我看你，不管三七二十一，朝著唯一的出口直奔。

王萍望出車窗，見到兩個孩子現身，可是鬆了一口氣，心想：「就怕兩隻小鬼不知躲到哪裡去，我偏不信捉不到這兩隻小鬼！」

她打開車門，以輕盈的身法向著兩個孩子步步進逼。

王萍最滿意自己的腿，最有信心的也是自己的腿。她唸書時是田徑健將，專項是跨欄，跑得快而腿不粗，以此令她備受矚目。每當她以舞蹈似的步伐跨過木欄，運動場邊總有男同學大呼小叫，甚至噴出鼻血。

不少男人亦是她的腳下敗將，難道她會輸給兩個乳臭未乾的小孩嗎？答案和死狐狸被坦克碾過再復活一樣，沒有這個可能。

周吉林和阿紅猛搖著胳臂直奔。

王萍步步逼近，距離由幾十公尺縮短到只剩十公尺。

王萍叫道：「好啦！兵捉賊的遊戲要完了！」她再往前跨兩步，眼見兩個小孩已是手到擒來，卻發現自己犯了一個嚴重的錯誤。

捲閘下方離地半公尺，阿紅輕易從那縫隙鑽出去之後，就和周吉林合力拉閘，然後「卡」的一聲，在鎖口的位置扣上鎖。

這把鎖就是鎖車尾那把鎖，這一招正是「以其人之道，還治其人之身」。

王萍來晚了兩步，被擺了一道，隔著捲閘愕視著阿紅。她實在低估了這個小女孩——正常人也不會相信一個小孩會有這樣的急智。

但周吉林和阿紅也是夠好運，王萍若然是那種暴戾恣睢的惡匪，身上隨時會帶著手槍，即使有捲閘擋住，他倆身上也難免會多了幾個透明窟窿。

不管如何，阿紅和周吉林的逃跑大計是成功了，王萍一副哭笑不得的表情，雙手沿著捲閘上的鋼條滑下，眼睜睜地看著兩個小孩跑遠。

但她始終難以明白：「他們……他們是怎麼打開那密碼鎖的？」

17

王萍讓兩個孩子走失，心中亂成一團，咬著桃紅色的指甲，嘆聲道：「我眞失策，這下如何向老大亞善解釋是好？唉，老貓燒鬚，我竟栽在兩個孩子手上，以後一定會讓人笑話。」

王萍弄著捲閘上的密碼鎖，又是一聲嘆息。

這把鎖的鑰匙只有一把，她正囚於這個倉庫之中，想走也走不了，唯有祈求阿渡等人快點回來。

王萍苦候了半個小時，忽然聽到一陣引擎聲，目光一掠間，已有一輛黑色轎車停在捲閘外。從車上走下來三人，一黑一白一紅。

王萍見了前面兩人，忙不迭道：「阿渡！秦箏！你們來了，快來救命啊！」

黑衣黑褲黑墨鏡，可能連內褲也是黑色，他就是木訥的阿渡，但他的語言就是和車溝通的語言，據說他出生時口裡含著一把車鑰匙，對他來說，操縱方向盤就像拿著筷子一樣。

在阿渡身邊，那個叫秦箏的女人肌白如玉，雙肩上擱著白色大褸，以羽毛作髻，整個人就像用雪造成一樣，而全身最白的地方，就是她的一雙纖纖玉手。

秦箏見了眼前的情況，便走近捲閘，向王萍道：「妹妹，妳怎麼把自己反鎖在裡面？」王萍道：「一言難盡。」其實王萍並不一定比秦箏年輕，但她倆爲了隱瞞年齡，便約好每逢春夏秦箏就叫王萍「妹妹」，立秋之後則變成相反，由王萍叫秦箏「妹妹」。

阿渡俯身看了看地上的鎖，深表同情。

秦箏道：「讓我看看。」

她摸一摸那把鎖，弄了幾下，就把鎖頭解開，然後隨手丟向身後。

秦箏道：「以後買鎖，記得問問我的意見。」

對秦箏來說，開鎖就是她的專長。

後面原來還有一個男人，他兩鬢斑紅，身穿紅毛衣。

他幫阿渡用力將捲閘推起，接著徐步走到王萍面前，向她伸出友善的手。

這人的手包著手套，而他說的話則包著糖衣：「幸會幸會，我也是剛剛才知道，原來『刀片』裡還有一位女成員，而她居然還是個羞花閉月的大美人呢！難怪我一進來，就嗅到一股『國色天香』的香味！」

刀片，不是甚麼東西，正是這個組織的名字。

王萍聽了這番甜言蜜語，立時回禮：「我也想不到初到貴境，就碰到大名鼎鼎的『風流俠醫』于立山。他是個大帥哥，看來我以後真的是眼福無邊。」

于立山春風得意，卻謙虛地說：「說到一個『帥』字，我又怎及得上我們的老大亞善呢？」

王萍嫣然笑道：「其實亞善不算很帥，他只是很酷而已。」

如兩人所言，亞善就是這個犯罪組織的頭目。

于立山道：「提到亞善，就不能不說到他的『刀片』……同行之中，無人認識我，但無人不識亞善。別人派名片，亞善就派刀片，眞是人見人怕。」他打了個哈哈，又接下去道：「我也是用刀的能手。不過我用的可是手術刀。」

「刀片」這組織，人數不詳，各有奇能。

「刀片」本來不叫「刀片」，自從亞善奪得盜王的稱號後，他有時爲了展露身分或打招呼，就要向人派刀片。

久而久之，「刀片」的名號不脛而走，人們也把亞善率領的怪盜組織稱爲「刀片」。

盜界中人只知這組織的成員組合非常奇怪，既有醫生和車行老闆，又有專業間諜和兼職刺客……

這年初春，王萍等人在貴陽一帶集結，就是爲了對付周金庫。

甚麼金獎、銀獎，中國人愛爭第一，全國第一的盜王更是無數大賊競逐的頭銜。

每四年一屆的盜王大賽在北京舉行，連番鬥藝和比試之後，終於到了決賽，亞善的對手就是北京第一黑幫的首領黑爺。奸商周金庫的所作所爲，即使是賊界中人也看不過去，便藉題發揮，定下這樣的決賽題目：誰能從周金庫身上盜取四千萬，全國的大賊就會承認他是這屆的盜王。

周金庫爲人小心，不喜收藏値錢的名畫和古董，哪怕把他家裡的東西偷光，也未必能籌到達標的四千萬。

要從這樣的人身上盜取四千萬，的確不是易事，而且規定只能暗偷而不能明搶，非要有周詳的計畫不可。

比試展開了兩個多月，亞善和黑爺各出奇計，也互相破壞過對方的陰謀。

黑爺想出的法子就是「詐騙」，一直向周金庫示好，居心昭然若揭。

但亞善的手段來得更直接，就是綁架周金庫的兒子。

全盤計畫籌謀已久，王萍甚至混入周府做祕書，沒想到一時疏忽，竟讓做肉票的周吉林溜之大吉，功敗垂成，這當兒眞是難辭其咎。

正當王萍欲向秦箏等人報告壞消息，卻遠遠地瞧見一輛越野車駛近，如果跟原先的約定一致，車裡的人就是亞善和老張。

刀客亞善，鎗客老張。

這兩人都是這行頭裡最炙手可熱的人物。

因爲亞善是上一屆的盜王，而老張就是全國殺手排行榜第二的殺手。

透過越野車的前窗，只見駕駛席上的人果然是亞善，而鄰座的老張喜上眉梢，笑得像個財神爺，手上正在點算紅包。

車還沒有停好，王萍已衝上前，老遠喊出一聲：「亞善，出事了，周吉林逃跑了。」

亞善聽了，將頭伸出窗外，不緊不慢地道：「這是多久之前的事？」

王萍道：「半個鐘頭之前，稍後和你解釋。快追！還有機會找到他。」

亞善摸了摸下巴，道：「妳擔心甚麼？這裡荒山野嶺，一個孩子能走多遠呢？」

王萍道：「他可以截車求救呢！」

亞善嘆了口氣，道：「倘若是這樣，這兩個孩子太幸運了……」他向來做事爽快，這時說來說去都不著邊際，眞是皇帝不急太監急。王萍惱怒非常，可惜她自己理虧在先，無法將平日的潑辣本色發作出來。

亞善的眼神平日是懶洋洋的，這時卻豁然一亮。

「不過呢……更幸運的是，這兩個孩子上了我們的車。」

老張先下車，打開越野車的敞篷，只見兩個孩子躺在軟墊上面——周吉林口水直淌，阿紅粉臉如醉，看來睡得好夢連連。

在兩個孩子身邊，還坐著一個男童，他名叫張獒，就是老張的養子。

卻見張獒狼眉星目，腰際間竟然綁著一個槍套。

他默然不語，只是緊盯著阿紅和周吉林。

原來阿紅和周吉林逃到附近，周吉林不願多走，便在泥路上兜截順風車。哪知離開山寨又遇到賊大王，還以爲碰到好心人，竟然是上了亞善的車，逃走大計，功虧一簣。

亞善很年輕，誰也想不到他就是這幫人的老大。

他向來都受到幸運之神的眷顧，乃天生大運之人。

在一場空難之中，死了兩百多人，父母姊妹全部死光，就只有他一人活了下來……

18

「刀片」就是這組織的名字。

各成員都帶著絕活投身，譬如王萍的特能是僞造，阿渡擅長駕駛，秦箏精通開鎖，于立山行醫，亞善使刀而老張用槍。這夥人職業各異，也不知是哪一條線將他們扯在一起，但他們之間其實有個明顯的共通點——

他們都擁有一雙靈巧的手，一雙能讓他們當大盜的手。

亞善英挺瀟灑，看來只不過二十出頭。

外行人一定難以相信，這夥人的頭目竟是這個年輕的男人。

亞善領著眾人，走入倉庫之中。

只見周吉林和阿紅依然沉睡，正被老張和阿渡揹著，而老張的兒子張獒就靜靜跟在後面。這個十歲左右的男孩，與這些做賊的大人站在一起，竟也露出自信無比的神情。

待全部人一一走入倉庫，亞善就關上鐵閘，面向眾人，靠近他們的圈子。

秦箏問道：「亞善，你一直監視著周金庫，他動靜如何？」

亞善背對眾人，目無表情，緩聲道：「周金庫這傢伙相當狡猾，他打了個電話，向北京的黑爺求救。」

聽到黑爺這名字，秦箏等人的頭上頓時烏雲密布。

秦箏道：「不會吧？像黑爺這麼狡猾的人，他一定會將計就計……亞善你豈不是輸定了？沒想到我們綁架周吉林，竟是讓黑爺佔了大便宜！」

亞善道：「不只這樣呢，周金庫還開出高價，來買我們的人頭。」

于立山忽然插話：「這惡霸！他有財有勢，全國的殺手都甘心做他的走狗！」

眾人轉過臉，一起看著老張。

老張少沾酒，但他鶴髮童顏，總是一副醉醺醺的樣子，讓人以爲他連拐杖也握不穩，卻沒想到他是彈無虛發的神槍手。

亞善打圓場道：「于先生，你這話可錯了，我們的老張偏偏就不肯買周金庫的帳！」

于立山自感失言，藉笑遮醜，便笑著向老張道歉。

秦箏一臉憂心，盯著亞善道：「最怕就是被黑爺搶先一步……亞善，依你看，我們還有沒有勝算？」

亞善笑了笑，徐聲道：「周金庫已把錢匯到了黑爺的戶口。我贏了。」

此話一出，大多數人均是愣然困惑，紛紛望著亞善。

秦箏愈聽愈是糊塗，睁大雙眼道：「是我吃了有毒奶粉嗎？怎麼我智商這麼低，聽不懂你在賣甚麼關子？」

亞善答道：「周金庫要是聯絡上眞的黑爺，我們可就眞的麻煩了。可是，他在王萍安排的酒店打電話，那些電話線被動了手腳，能找到的就只有假的黑爺了……只怕他現在還被蒙在鼓裡呢！」

頓了一頓，亞善又吐出鐵鎚般的一句話：「周金庫聰明反被聰明誤，他乖乖把錢匯到我在瑞士銀行的戶口！贖金已收到了，當然要叫你們來慶功。」

秦箏一眼望向亞善，一眼望向王萍，立時恍然大悟，「噗哧」笑了出來，不由得對亞善的手段大爲佩服。

綁肉票不難，最難就是接收贖金的程序，縱使是敵明我暗，對方卻可以利用贖款作餌，引賊方掉入鼠籠一般的陷阱當中。周金庫太過自以爲是，常以惡勢力來解決一切難題，亞善就是看準這一點，料中周金庫會在無助時向黑爺求救，是以布局來引他上鉤。

「黑爺」在電話裡對周金庫說的話，大部分都是眞的，只有一點是假的，就是他自己是假的。周金庫這人小心眼兒，絕不會輕易受騙，但他煞費心思也不會想到，世上竟會有王萍這樣的僞造天才。

王萍不只能仿照實物僞造，即使是別人的聲線，她也可以假扮得維妙維肖。

電話中那個黑爺就是她佯裝出來的。

亞善忽而譏笑道：「幹壞事的人哪，爲甚麼老是喜歡將黑錢存進瑞士銀行？我就是取了他們的黑錢，他們也不敢去報案，這就是所謂的黑吃黑，強盜遇上山賊大哥。」

聽到亞善的好消息，每個人都是喜出望外。

王萍暗自慶幸間，目光停在阿紅和周吉林身上，不禁提出疑問：「亞善，這兩個孩子該怎麼處置？」

亞善閉目沉思，不到一會，倏地張開眼皮，兩顆沉寂的眼球突然冒出怒火，一字一詞都是聲色俱厲：「當然是殺了乾淨！一個都不能留活口！」

每個人都是吃了一驚，接著是大惑不解，因爲他們都知道亞善雖是大盜，卻堅守著「盜亦有道」的原則，從來不幹圖財害命的勾當。

在下一秒鐘，亞善手上已經多了一件發光的東西。

亞善拇指一彈，那東西垂直升上半空。

在眾人的瞳孔裡，它的形象漸漸由模糊變得清晰。

原來是一枚銀色的硬幣。

就在眾人分神之際，亞善已出刀。

左手一揚，血花四濺。

右手一揮，褲管斷開兩截。

亞善的刀，快得不見其影，只要他的指尖到處，就會出現刀痕，鋒利得要一刀把空氣分成兩截。

極少人見過亞善的刀，只知他的刀藏在身上，就像袖裡劍一樣，突然就會出現。有人懷疑亞善用的是刀片，有人認爲那是超高科技產品，眾說紛紜，愈說愈神祕，但說到底誰也沒見過它眞正的形狀。

而亞善的刀術不可思議至極，不少人曾親眼目睹他的刀痕入石三分。

這一次，也沒有人看清亞善的刀，也沒有人看清他是如何出手。

驚聞「噹」的一聲，一柄黝黑的手槍掉在地上，吸引著眾人的目光。

順著左邊一條光溜溜的腿往上看，眾人看到了一條大紅三角內褲，內褲上的圖案是一頭彩印的泰國小飛象……

眾人差點有笑出來的衝動，但沒有一個人笑得出來。

乘著剛才的刀勢，亞善半跪半蹲，拿起地上的手槍，瞪著這柄槍的主人——面色鐵青的于立山。

「你是醫生，身上怎會配槍？」

瞬息之間，變起倉卒。

19

那凌厲的一刀在于立山的頸上劃了一劃，但控制得極巧妙、極精確，尚差少許就割開他的頸動脈，現在只是傷及鎖骨上的皮肉。

大家都知道亞善從不會失手。

這樣的一刀顯然是說：「如果我眞的下手，你剛剛已經死了。」

倉庫如冰窖，裡面的空氣彷彿冷了很多。

但亞善的目光最是令人心寒。

于立山兩頰抽搐，說不出半句話。

亞善拾起地上的左輪手槍，咄咄道：「我們之中就只有老張把槍常備身邊，你向來只帶手術刀不配槍，今天怎麼一反常態？」

于立山眼見東窗事發，以死魚一般的目光望著亞善，面如槁木，一字字道：「你是怎麼發現的？」說得出這樣的話，即是說于立山是不打自招了。

亞善的眼神好比利刃，一瞪道：「我想你應該清楚我做賊之前是幹甚麼的——要瞞過一個魔術師的眼睛，不是一件簡單的事。」接著他語氣加倍嚴厲，說道：「我只殺兩種人，一種是大奸大惡的人，一種就是出賣朋友的人。你把話兒說個乾淨，好讓我殺得痛快。」

于立山忽然乾笑了一聲，仰首道：「現在是說遺言的時間嗎？我今日來這裡，早就有股不祥的預感，也早已有一死的心理準備，想不到眞的靈驗了。」

亞善望著他，只吐出三個字：「爲甚麼？」

這三個字含義廣泛，可以是問于立山爲甚麼要帶槍，也可以是問他爲甚麼心懷不軌，甚至是問他有甚麼不可告人的祕密。

于立山道：「是爲了我的女兒。」

眾人等著他繼續說下去。

于立山黯然道：「我有個失蹤多年的女兒，我走遍整個大陸，還是找不到她的下落。大約兩個月前，有人給了我一樣東西，我認出那是我給女兒買的金項鍊……這人說他有我女兒的消息，交換條件就是要我爲他辦一件事……這個人，他就是北京的黑爺。」

于立山頓了一頓，又一口氣說下去：「對！我就是被他買通了。這是我的遺言，也是我的忠告……小心黑爺這個人，他一直很忌憚你，不僅要從你身上奪走盜王的稱號，也一直想著如何置你於死地。」

亞善繞著手，沉聲道：「就爲了一個消息，你就想取我性命？我的命眞賤呢，原來只值這麼一點市價。」

于立山道：「我從沒有想過要殺你。我跟黑爺有協議，只要廢掉你的右手，那我就是完成他的委託……所以我設法要令你受傷，那我才有機會爲你動手術。」

亞善一想之下，又明白周吉林爲何能逃出賊窩——就是于立山故意放這小孩走的，他就是那個蒙著臉的絲襪超人。究其目的，就是要擾亂亞善的心神，或者藉故令亞善重新編隊搜人，那他才會有機會暗箭傷人。

但亞善的警覺性極高，完全無機可趁。

于立山這次輸了，輸掉他的性命。

「你還有甚麼話要說？」

「我皮包裡有張相片。在我死後，請將我葬在照片中的地方。」

「好，我答應你。我給你尊嚴，請你自行了斷。」

于立山接過亞善遞向他的槍，自知無法倖免，便用槍頭對準自己的太陽穴。

他閉上眼睛，手指毫無顫抖的意思，扣下扳機。

槍火一現，一響震天！

亞善的右側飛出一顆子彈，擊中于立山手上的槍柄，手槍便轟的一聲脫手而飛。

子彈在遠方的牆上留下一個深黑色的彈痕。

子彈也在空氣中留下一陣燒焦的臭味。

脫手而飛的手槍掉落平地，乘著餘勢轉了幾圈。

于立山死裡逃生，流出一身冷汗，呆滯地望向亞善，目光順勢一延，也看見亞善背後的男童。

開槍的不是老張，竟是小小的張嫈。

別小看張獒年僅十歲，他實已盡得槍法的眞諦，老張常常讚嘆不已，說這兒子是百年一遇的用槍天才。

于立山耳窩裡嗡嗡作響，幾乎要聾掉一樣。

張獒正把手槍放下，槍口似乎還是熱的。

是老張暗地裡叫兒子開槍的。

只見張獒伸槍、仰手、瞄靶、扳機……一連串動作全部在極短時間內完成，每個動作都做得迅捷無比，而且精準無誤，在千鈞一髮之際擊中了目標。這簡直是不可能的事，眾人看了都是吃驚非常，但又不得不相信眼前發生的事。

但是，眾人更佩服的是老張，因爲在他的悉心栽培之下，竟教出了一個這麼厲害的小神槍手，可謂是名師出高徒。

亞善的魔刀，老張的神槍。

「刀片」人丁單薄，在江湖上理應沒有甚麼勢力。但是，不少黑幫人物寧可道一聲歉，都不敢得罪「刀片」，就是因爲怕了這兩個人。

以前于立山不明白這番話的意思，現在終於親身領會了！

亞善喉頭裡發出深沉的嘆息，走上前，在眾人的注視下拾起地上的槍。儘管老張不忍心見于立山自殺，亞善卻不肯就此姑息，竟打算就地處決叛徒。

他對著于立山的太陽穴開了一槍。

砰……細得出奇的聲音。

于立山再被嚇了一跳，摸摸自己的頭腦，竟沒有一滴血淌下。

原來亞善早些時候握住那左輪手槍，已偷偷把輪盤裡的子彈取走，手法快得出神入化，再加上大夥兒只顧看著于立山，所以根本無人察覺亞善的舉動。

人之將死，其言也善，亞善逼于立山自殺，就是想好好看清這個人。

「你是醫生，你的手不是用來開槍的，你的手是用來救人的。黑爺做得到的事，我也一定做得到……你的女兒，我會不惜一切代價追尋她的下落。」

于立山雙膝不自覺地跪下，眼眸裡流露出一種感激之光。

這時候亞善已轉身了。

亞善的目光和他的刀一樣鋒芒逼人。

隨著他的視線，眾人也一同望向周吉林和阿紅，做好善後工夫，一切就是大功告成了。

不知從何時開始，阿紅的衣領敞開了一片，繫於頸上的小玉珮掉了出來，只見數盞明燈下，那是既像弦月又似刀的黑色玉珮。

亞善的表情立時變得驚愕不已。

秦箏猜不到他的心思，便問：「亞善，這玉珮有甚麼古怪嗎？」

亞善拿起那玉珮一看，身子同時虛晃了一下，猛然一驚道：「這是我恩師的家傳玉珮……這小女孩是怎麼得來的？」

20

阿紅比周吉林先醒來，被一群陌生人團團圍住。

一旦和亞善的目光接觸，即使這人只是個未滿十歲的孩子，也會懷疑自己的體溫驟降了幾度，稍懂一些成語的人，就會把這種感覺形容為「不寒而慄」。

阿紅的臉上卻毫無懼色。

亞善聽過王萍的口頭報告，對阿紅的事也略知一二。

由互相對望的這一刻開始，亞善也覺得這個女孩異於普通孩子，面對這一連串的變故，她的眼裡竟然沒有惴畏之意，更且含著一種頑強不屈的力量。

亞善別過臉，向王萍問道：

「這兩個孩子是怎樣從妳手上逃脫的？」

「我一時大意，被偷走了鑰匙……」

「不是妳的錯。假如我是妳，也會對一個小女孩疏於防備。她知道妳是綁匪，竟敢偷妳身上的東西，這樣的膽量實在罕見。」

亞善眼角一沉，飛快地看了阿紅一眼。

這個盜王不得不承認，他對她產生了無法解釋的興趣。

王萍道：「但有一點我至今還是想不通……我用的是密碼鎖，這兩個小鬼運氣再好，也不可能在短時間之內猜中密碼……而且我褲子上有四個口袋，有幾串不同的鑰匙。我每次開鎖，都確定沒有被瞧見，但她竟然一偷就偷中了，會不會太巧合呢？」

爲了令其他人更加確信她的話，王萍向所有人舉起了那一把鎖。

亞善接過了鎖一看，道：「關於這一點，只有請小妹妹爲我們解謎。」他接著在阿紅身旁蹲了下來，搖了搖手中的鎖，續道：「小妹妹，妳是怎麼知道它的密碼？」

阿紅成了這段時間的焦點人物。

「只要聽過一次的聲音，我就永遠不會忘記。我記得王姊姊開鎖時的聲音，我做出相同的聲音，那把鎖就打開了。」

阿紅指著亞善手上的鎖，一副理所當然的語氣。

亞善猜想這種能力可能就是「絕對音感」，想了想，又問：「妳是說……這一個個數字鍵，妳都能分辨出它們的聲音？」

亞善眉頭一寬，好奇地看著阿紅。

「嗯，我不單只聽得見聲音，還可以『看見』聲音的形狀。」

阿紅的回答非常耐人尋味。

乍聞這個答案，眾人只以爲小女孩的想像力豐富得出奇。只有見多識廣的亞善見怪不怪，相信阿紅的話。

亞善向眾人道：「我在外國的時候，聽過關於一個音樂家的奇聞：每當這個音樂家聽到不同的音階，嗅覺都會出現不同食物的氣味。舉個例子，『DO、RE、MI』也許就是蘋果、香蕉和曲奇小餅乾……這種天賦叫『聯官感應』，是一種科學無法解釋的特異功能。」

亞善即時做了個測試，叫秦箏用手掩住阿紅的雙眼。只見亞善手快如電，伸出兩個拳頭，手指似噴泉般高低起伏，一晃眼，便只豎起七隻手指。亞善問道：「我豎起了幾隻手指？」

阿紅想也沒想，答道：「五……加二……是不是七隻手指？」

人人聽到阿紅的回答，俱是甚感詫異。

亞善再無生疑，徐徐說道：

「『聯官感應』，又稱『聯感』，是眞實存在的人類異能。我想大家也聽過，蝙蝠能在黑暗中生活，方法就是以聽覺代替視覺，憑著回聲來定位……這種能力在人類的身上出現，就是『聯感』，可以用耳朵來『看見』東西……」

亞善暗自別過了臉，向著老張，低聲道：「錯不了！『聯感』是師父獨有的奇能……她確實是師父的女兒。」

亞善的師父是老張的舊友，老張想到故人已逝，又見他的遺女身世可憐，誤然間便輕輕撫弄阿紅的頭髮，垂淚道：「老賴……你女兒不簡單啊……」

所有謎團也一一解開，王萍手上的鎖是國產的大鎖，內部結構粗糙，每個按鈕的聲音會有微乎其微的分別，但以普通人的聽覺，根本無法察覺箇中分別，只有阿紅做得到，因為她的音感異於常人，擁有一對神奇的耳朵。

除此之外，所有聲音傳入阿紅的耳中，只要她集中精神，腦中就會呈現出一些模模糊糊的影像，打個比喻，就是類似人體熱力圖的畫面。

亞善摸著下巴，說道：「原來妳有一雙很神奇的耳朵呢……可惜，真可惜，如果讓妳接觸音樂，妳的人生可能就此改寫……」

亞善的語氣愈來愈溫和了，所以現在阿紅一點也不怕這個賊大哥了。

阿紅打岔道：「不，拉二胡的無腿叔叔教過我一點樂理呢！」

秦箏聽了忍不住抿嘴而笑，暗道：「無腿叔叔？敢情是個在街頭行乞的賣藝人。向這種人學音樂，這樣的事真是前所未聞。」

亞善心想：「絕對音感，再加上『聯感』，這女孩擁有億中無一的天賦……如果把這種天賦用在正途方面，她會是個音樂家，但如果用在另一方面，她會是個……」

亞善出神片刻，突然語出驚人：「小妹妹，妳擁有很罕有的才能，妳願意把妳的命賣給我嗎？」

這樣的問題來得詭異，人人都以惶惑的目光盯著亞善。

正常的孩子聽到這樣的問話，通常的反應都是不知所措，但阿紅啃著自己的小指，只怯聲道：

「你真的肯買我嗎？」

亞善反而一愣，失笑道：「妳很想我買妳嗎？」

阿紅這又說到父親死的時候，她家沒錢殮葬，就由她掛著個「賣身葬父」的牌子，在街上向路人求援，可憐兮兮，就是無人理睬，亦乏人問津……

聽到師父客死異鄉，死後又屍骨未寒，亞善不禁心中一酸。

但他轉念又想：「師父風流倜儻，平生最怕受女人束縛，要不是出了事，又怎會成家立室呢？他能有個女兒，享了幾年天倫之樂，死了有後，也算是不幸中的大幸。」

原來亞善的師父已失蹤了十年，亞善擔心會有不測，一直苦苦尋找師父的下落，直至當日才知悉師父的死訊。至於師父為何流落到貴陽做乞丐，亞善和老張等喁喁私語之後，料想可能是師父嚴重失憶，又或者遇到了甚麼意外，以致精神失常，可惜時隔已久，要去追查真相倒也是一大難事。

亞善目光亮了亮，再向阿紅道：「只要把妳的命賣給我，我會給妳的家人很多錢，保證他們能過上好日子，不用再挨窮。」

人人緘默，仍不知亞善的葫蘆裡賣甚麼藥。

阿紅想得入神，低聲道：「我的命不是我的，我的命是屬於媽媽和弟弟的。我爸爸為我而死，我一直很內疚……很想代替爸爸來照顧他們……我已經很努力做乞丐，但家裡還是很窮……」

人人聽著這小女孩真情流露的言語，心裡都有在淌血的感覺。

阿紅向亞善用力點頭，跪下道：

「要是能讓他們過上好日子，我願意把自己賣給你！」

21

一灘鮮血。

當周吉林離開那倉庫的時候，眼裡所見就是地上的一灘鮮血。

阿紅和他一起進入賊窩，但只有他被送出來。

好像聽到有人冷語道：「她反抗，死了。」

綁匪們的賊大哥懂得施巫術似地，掌心在他的面門一罩，他感到一陣麻痺性的疼痛，然後立刻不醒人事。

一切，彷彿只是一場噩夢。

周吉林感到昏昏沉沉，好像睡了很久，然後刺眼的燈光像水蛭般吮著他的眼皮。

當周吉林睜開雙眼，他發覺自己正躺臥在一張潔淨的大床上。

床邊就是兩張熟悉的面孔——他的爸爸和媽媽。

「吉林，你醒……你醒了！」

「媽！」

重逢的眼淚在母子倆的臉上淌下。

當周吉林的媽摟住他的時候，他忍不住問爸爸：

「我現在……這裡是甚麼地方？」

「沒事了，你現在已經安全了，這裡是醫院裡的總統私人套房。只怪爸爸一時疏忽，四個保鏢又全是廢物，害你被人拐帶，還吃了這麼多苦……爸爸爲了保障家人的安全，已經訂購了私人飛機。」

周吉林露出孩子受寵時應有的微笑。

噩夢終於結束了，他回到富爸爸周金庫的懷抱裡。

周吉林忽然想起了甚麼，大聲叫了出來：

「呀，王萍！你的祕書王萍，她是個壞人！」

「這個我已經知道了，她也是綁匪的共犯，現在已經人間蒸發，只怕王萍也是個假名……這吃裡扒外的女賊，他媽的，當我周金庫是孬種嗎？我一定要報復，從全國招攬最好的殺手來幹掉她！」

周金庫會來這所醫院，原來就是收到王萍的電話通知。在通話中，王萍笑嘻嘻說辭職不幹，周金庫正感奇怪，問她爲甚麼，她就這樣回答：「收到你的贖金，我要去瘋狂購物，沒有時間再替你打工了。」

掛上電話之後，周金庫才明白過來，立時氣得七竅生煙。

周吉林望著自己的爸爸，說出心中的疑惑：

「爸爸……你也是個壞人嗎？」

周金庫怔了一怔，然後反過來問：

「你幹嘛要這麼問？我的樣子像壞人嗎？」

「因爲……王姊姊說……你是靠販賣別人的器官來賺錢的。」

「胡說八道！她在用嘴巴放屁！你老子我比華佗還要偉大，打破中國人食古不化的傳統弊病，爲器官移植手術創造出新的市場價值……富人活得久，窮人死得快，這個社會才會有大躍進！你小孩子，甚麼都不懂，有些事你長大了就會明白。」

周金庫砌詞脫罪之後，馬上轉變話題：

「吉林，你需要好好休息，別想這麼多……我擔心你身體出事，這裡有醫生替你照過X光，身體檢查報告很快就會出來了。」

當周吉林正想走下床，卻發現自己的腹部有點疼痛，再掀起病人袍一看，竟發覺肚子上貼了一塊大紗布。

——**我們也要從你身上取走一樣東西**。

王萍的聲音忽然在周吉林的腦際閃過。

周吉林將那塊紗布指給爸媽看，兩人同是吃了一驚。周金庫替兒子撕下紗布，紗布底下是條縫上針線的小疤。

就在此時，醫生打開房門進來。

醫生打開手上的文件夾，看著報告的內容，面色有點怪異。

「醫生……我兒子到底怎麼了？」

「周先生，你兒子的身體沒有大礙。但……有人幫你兒子動過手術，在這份病歷表上，顯示他的體內有個惡性腫瘤，現在這個腫瘤已被切除了。」

周金庫兩夫妻面面相覷，一時之間啞口無言。

還是周金庫見慣世面，不忘送上奉承話：

「醫生眞是醫術高明、妙手回春……」

「周先生，謝謝你的誇獎，不過你誤會了……這手術不是我們這裡的醫生動的。你兒子在送來這裡的時候，手術就已經動好了。說眞的，這手術的切口很小，那個醫生執刀的手腕很高明。」

周金庫接過文件夾，細閱兒子的身體檢查報告。

忽然，周金庫臉上的笑容僵住了，笑紋鬆開之後，就是一副青筋暴現的怒容。

他的太太關心起來，便問：

「怎麼了？發生了甚麼事？」

周金庫瞪著他的太太，喉頭裡發出狂吼一樣的聲音：

「我血型是AB，怎可能生出O型血的兒子！」

因爲常做涉及器官買賣的生意，周金庫對血型也有一定程度的認識。

周金庫把整份文件扔在他老婆的臉上。

「妳這娼婦，給我生下了一個狗雜種！」

周吉林看著從半空中散下來的紙張，看著滿眼通紅的父親，又看著面色煞白的母親，耳中是沒完沒了的謾罵，整個世界一片狼藉，就像失去了地心引力一樣……

噩夢原來還沒有完。

人生的噩夢才要開始。

22

天陰陰，路涼涼。

阿紅的媽牽住小兒的手，臉上是似懂非懂的表情。

「連累令嫒被賊人拐走，不幸已遭毒手，本人深表憾恨。全賴令嫒相助，我家少爺才安然脫險，這是我們周家的一點體恤金，請妳好好收下……」

阿紅的媽是啞巴，但她不是失聰，聽得懂對方的一言一語。小賴噘著嘴，緊緊握住拳頭，看了來者難堪的表情，已知自己姊姊遭遇不測的事。

原來老張假扮成周金庫的管家，送錢給阿紅的媽。

當年，在某些較落後的省市，訊息系統不發達，報紙只用黑白油墨印刷，亞善等人不費吹灰之力，便捏造了一篇假新聞，令當地人以為乞丐阿紅已被匪徒所殺。

面對這種傷感的場面，老張很艱難才想出一句安慰的話：「看這天色會下雨，妳還是回家好好歇息吧。」

阿紅的媽紋絲不動，始終不肯離開小學的校門半步。

這裡是最後有人目睹阿紅出現的地方。

也不知這位母親的心裡是甚麼感受。

是因爲得到了一筆意外之財而喜？

還是因爲失去了一個女兒而愁？

忽然間，這位母親號啕大哭，登時痛悟前非，頭腦也在瞬間恢復了神智，才深深明白到阿紅的愛，明白到她並非一個可有可無的女兒……

老張只是不停地搔頭，顯得有點不知所措，不時對著遠處的一輛車打眼色。

在那輛車中，阿紅正在暗暗目睹這一幕。

她也哭得泣不成聲。

亞善坐在駕駛席上，按鍵解開車門的自動鎖。

「妳要改變主意的話，現在還來得及。」

阿紅只是搖了搖頭，有幾點淚水濺在亞善的手上。

「妳的能力百億人中無一，妳是一個做賊的奇才。從今以後，做乞丐的阿紅將會在世上消失，猶如死去的人一樣，妳將會變成另一個阿紅，成爲我們的一分子。」

年紀小小的阿紅難以理解亞善的話。

她只會哭。

阿紅很快就要離開那種日子——

踩著破鞋走到大城市行乞、在沙池旁教弟弟讀書識字、狂風中牽著爸媽的手走路、漆黑中溜到人家的田裡偷番薯、披著報紙在冷冽的街上拾荒……曾經有個孩子爲了得到母親的原諒，攥住一團皺巴巴的錢，在星夜下的山道上奔走趕路……

破屋的上空就是搖晃的月光。

只要和家人在一起，她不介意做乞丐。

但她很想她的家人脫離這種做乞丐的苦日子。

整整一天，阿紅的眼眶裡都是淚光，但她愣愣地望出窗外，也不伸手去抹走淚痕。看著這麼小的女孩在哭，亞善竟是無動於衷。

眞的是無動於衷嗎？

他其實比誰都要內疚，但他實在有說不出的苦衷。

亞善就這樣陪著阿紅，直到阿紅自己說要離開。

第二天一早，亞善和老張等人分道揚鑣，各自離城。

亞善駕著他的越野車，一路向東。

一路上，阿紅甚少言語，少吃少喝，眺望著窗外的某一點，似在惦記著她的家鄉。縱然阿紅比同齡孩童來得早熟，但她到底是小孩脾性，諸般鬱結憂思，心中的彆扭，都在臉上表露無遺。

亞善裝作沒看見，沒有費神理會她的感受。

在車上，亞善吩咐阿紅練一門叫「五指連環弩」的指法。

他買了一盒小紅豆，卻不是當零食吃，而是要阿紅靈活使用五指，使紅豆在指間隨心所欲地運來運去。亞善親自示範了一次，只見他將三顆紅豆夾在指間，一時翻指過腕，一時東折西繞，手法純熟得令人吃驚，簡直就是雜技表演。

「這是基本功。只要妳肯勤練，妳也一定可以做到。」

亞善傳授了一些竅門，便叫阿紅自己練習。

到了晚上，兩人在車內過夜，亞善除了教阿紅說英語，還會教她一些生活上的規矩。

有時阿紅悶得發慌，亞善就會變幾個魔術給她看，逗得她破涕為笑。阿紅很想知道魔術的祕密，就會央求亞善教她，但亞善這人很「可惡」，即使與阿紅那雙水汪汪的大眼睛對望，竟也可以裝聾作啞，無論怎樣也不肯揭祕。

「哈哈。如果我不當大盜的話，我可能已是個一流的魔術師了。」

這一日，車子駛到崇武鎮。

崇武古鎮，位於泉州惠安縣，全部城牆由花崗岩疊成，以「石雕之鄉」而聞名。滄桑古石，孤岩兀立，蜿蜒半島，整座城夾在碧海與天濤之中，城裡有寺廟庵堂三十多座，保留著先賢的遺風。

來到新的城鎮，風土人情不同，事物樣樣新奇。

阿紅縱使悒悒不歡，也看得目不暇給。

有人在街上擺賣冰糖葫蘆，阿紅嘴饞起來，很想撒嬌叫人買給她，但突然想到自己已是沒人疼的孩子，不由得自慚形穢，悲從中來。

亞善找了一間旅館借宿，住在一樓。

這幾日舟車勞頓，阿紅總是一倒頭便睡。

待阿紅睡著了，亞善在她床邊看了一會，然後悄悄關上大燈。

亞善卻沒有走到床上，而是從窗口躍了出去。

他要出去辦一件事，整晚都不會回來。

臨出門前，他在阿紅的枕頭旁留了兩件東西——

一朵向日葵和一串冰糖葫蘆。

23

翌晨醒來，阿紅一睜開眼，就看見失蹤了一整晚的亞善。

床上的棉被沒動過，亞善坐在床沿的扶手椅上，閉著目，挺著腰，似睡又似醒。

阿紅怕吵醒亞善，小心走下床，踮起腳走向浴室。出來後，只見亞善已經醒來，背對著她泡茶，偶然一瞥，始見枕頭旁擱著兩件東西，竟是冰糖葫蘆和向日葵。

阿紅淘氣地舔著冰糖葫蘆，雙眼骨碌碌地，偷偷瞧著亞善，心裡好笑：「我昨日只瞧了幾眼，他就知我想吃冰糖葫蘆。」阿紅拿起向日葵，放在光下看了又看，見亞善走近，便問：「這是我最喜歡的花，你怎麼會知道？」

亞善難得一笑，答道：「我不知道。妳愛笑，我就覺得這花襯妳。」

連日來，阿紅受盡離鄉思家之苦，這時才露出真心的笑靨，果真是笑容可掬。

吃過早點，阿紅上了亞善的車，隨他駕車遊城。

窗外是許多新奇的事物，古城遺跡，奇服異士，喧譁熱鬧，阿紅看得眼花撩亂，心中的愁緒減了大半。

亞善有如阿紅的嚴父，沒有憐惜她是稚童，要她跟他走一樣的路，有時累了，就停下來歇息，從不會抱起她又或者牽她的手。而阿紅也不會藉故撒嬌，就這樣默然跟在亞善後面，一小步一小步，就走入一所古廟之中。

古廟內煙氣繚繞，過年過節，自有人插香祈福。內堂的門額下有副楹聯，阿紅識字頗多，唸得出「帝德唯物，一衣一食須自念」，還有那句「神心似鏡，是正是邪有天知」。至於其中的內涵，她可是一點也不明白，但亞善似乎感慨萬千，在門檻前看了很久，然後聽到他喃喃自語：

「歷代好皇帝少得可憐，攬權腐敗者居多，又怎會明白何謂民間疾苦？神心似鏡，神心真的似鏡嗎？世上多苦多難，又怎麼視而不見？」

亞善託人通傳，有道人由內堂出來，便叮嚀阿紅在外面等他，然後自己走了進去。等了一會，阿紅就看見亞善出來，而他手裡多了一個壺狀物體。

離廟之後出城，亞善開車向著綠野的深處前進。

「亞善，你真的是個壞人嗎？」

「我不像嗎？」

「無論怎麼看都不像。」

良久，亞善才淡然笑道：

「壞人是沒有樣子的。」

天蒼蒼，野茫茫，農村之中。

小土丘後是個坑洞，坑洞旁臥著一大塊碑碣。有個蓬頭垢面的老媼在等候。亞善下車後，就把那個壺交給她。老媼抱住那個壺，幾乎就要站立不穩，淚眼婆娑，連聲向亞善道謝。

待那農婦走後，亞善第一次牽住阿紅的手，來到那個未下葬的墓穴旁。

此情此景，阿紅想起了她那早逝的爸爸，但她從沒有見過爸爸的墳，因爲她家窮得根本沒錢買墳，偏偏棺材又是奢侈品。

亞善合十參拜，儘管眼前是座空墳。

「是不是有人死了？」

亞善沒有理睬阿紅的問題，他只是露出深邃而空洞的目光，低著頭對阿紅說話：「妳認爲上天喜歡好人，還是比較喜歡壞人？」

阿紅天眞無邪，答道：「當然是喜歡好人！」

亞善卻愁戚戚道：「天道好善，這句話可能是錯的……中國以前有個叫劉基的智者，他寫過一部叫《郁離子》的著作，裡面有個叫盜子的人，向郁離子請教人生道理，問題就是我剛剛問妳的話。」

頓了一頓，亞善又說下去：

「要是天道好善，那麼天下間好的生靈應當比壞的多，而壞的就應當少吧？但，看看，天上是老鷹多而鳳凰少，地上是豺狼多而麒麟少，稻穗不及荊棘堅韌……反觀我們的社會，壞心腸的人橫行無忌，而好心腸的人就要受罪，好人敵不過壞人，難道說上天其實是喜歡壞人嗎？」

阿紅自小行乞街頭，甚麼是民間疾苦，那切身之痛已根植在她的心靈深處，所以對亞善的話大有所感。

「那麼……郁離子先生怎麼回答呢？」

「人類欺善怕惡，上天也是一樣，就是這樣的有眼無珠。對於盜子的問題，郁離子也是答不上來，無言而對，因爲世事的確如此。」

這番話悲觀至極，卻也有一定的事理可循。

亞善指著腳邊的碑碣，阿紅順著他的手指去看，看到「陳雄之墓」幾個刻字。

「陳雄是個好人，但他的朋友是個壞蛋。那壞蛋到大城市打工，過著浪蕩的生活，欠了一屁股債。他回到農村，發覺陳雄儉吃儉穿，儲了一筆可觀的錢，心中嫉妒，動了歹念，於是處心積慮地想將陳雄的錢騙過來。」

結果呢？

在亞善的描述之中，那壞蛋口才了得，最終當然把錢騙到手。幾年後，陳雄的孫子孫女要到學校唸書，急需一筆錢，一波三折，終於讓他找到了那壞蛋。但陳雄心地太好，半乞半討，可是對方根本不怕他，還對他惡言相向。

陳雄死纏著不放，那壞蛋耐不住嘮叨，終於還了錢——

先引他入室，叫他打開保險箱。

陳雄是老實人，不疑有詐，就在保險箱上留了指紋。

那壞蛋就開始誣陷他於不義，嚇得陳雄縮在一旁，然後一群惡棍走出來，受了別人的錢財，便替別人消災，痛毆陳雄一頓，再向警察報案……

有些人一輩子安分守己，爲甚麼上天就不能給他們幸福？我們自小就深信善良是美德，但爲何善良的人老是吃虧？

陳雄年紀老邁，不久後就在牢獄中含冤死去。

說到這裡，亞善將一個麻包拋在地上。

「麻包裡全是錢，是屬於陳雄一家的錢。我昨晚就到那壞蛋的家裡打劫，將他五花大綁，用刀擱在他的脖子上，逼他招認一切罪狀，又把他的保險箱打開，把所有錢拿走。」

亞善的話聲洪亮，蓋過了疾風穿林的打葉聲。

「上天忙碌，未有時間處罰惡人，我就替天行道，代它執行天譴！好人被壞人欺負，我就只好變成更壞的人，用我的力量來鋤強扶弱、剪惡除奸！」

這世上有很多人，用錢就能拯救。現實就是大部分人都見死不救，就算身懷鉅款，也只會用錢來滿足自己的私慾。

只有以不尋常的手段，才能改變這個悲慘的世界！

這就是亞善的理念，也是他的生存之道。

「我是壞人，但我是一個只對付壞人的壞人。我的理念可能大錯特錯，但爲了那些不幸的人，我願意被法理槍斃，我願意下地獄！」

只有八歲的阿紅似懂非懂，人世的是非黑白何其複雜，要她明白亞善的話，再去判斷對錯，說到底是超出了她的知識範疇。

亞善正要轉身離去，卻見阿紅在墓碣前佇足不走。

而落日恰巧在此時映入阿紅的瞳孔，紅霞一般的光芒在她的眼裡閃爍。

「我要做一個壞人。」

阿紅突然開口，說出一番驚人的話。

「我要做一個壞人，一個幫助好人的壞人。」

24

阿紅自此就在亞善的督促之下，接受專業盜賊的訓練。

屋裡的第一件家具竟是鋼琴。

亞善不等阿紅適應新居，已著手逼迫這孩子用功，在街上逛了一圈回來，就叫阿紅出來大廳，在她面前擺下一堆小冊子。

別以爲那些冊子是甚麼武學祕笈，阿紅翻了一翻，不知那些冊子有啥用，立即向亞善投以疑惑的神色。

「這是……」

「這是蕭邦的琴譜。」

阿紅好奇地翻著琴譜。

「做賊，最重要的條件是甚麼？」

亞善舉起自己的雙手，自問自答：

「是手指。」

阿紅心想亞善這話說得對，她在「刀片」中見過的那些大人，全都擁有一雙靈活的手腕。

「在音樂界，指法巔峰造極的人是誰？蕭邦就是其中之一。他所作的樂曲難度不低，所以很適合用來練基本功，練出十隻靈活的手指。」

原來亞善費心勞力，就是讓她把蕭邦的樂曲當成祕笈來練習。開始時總是好玩的，但水準漸漸升高，困難亦接踵而來，亞善的督導絕對苛刻，阿紅早晚都要練琴，把蕭邦的樂曲練了幾千幾百萬遍。

阿紅的音樂天賦奇高，遠超過正常人的進度，由一竅不通到升上十級琴藝，花掉的時間僅僅是兩年。

對著亞善，阿紅總是不停發問，滾著可愛的小眼珠。

「所有鋼琴家豈不是都可以成爲大盜？」

「也可以這麼說。只有基本功還是不夠，還需要學會專門的盜術。」

自阿紅入門以來，亞善除了向她教琴，也按部就班向她傳藝。

就在阿紅生日那天，亞善送的禮物是個大箱子。阿紅好奇是甚麼，亞善就說是娃娃布偶，阿紅滿心歡悅地拆開，卻發覺裡頭的娃娃並不可愛，都是繪上了經脈線的穴道人偶，全部皆是亞善特地託人縫製的。

接下來的幾天，阿紅才知道收到的並不是好東西，被逼熟記那一大堆令人嚴重頭痛的穴位和經絡名稱，連夜作了幾個被惡娃娃追趕的噩夢。

阿紅一共有七位師父。

除亞善以外，還有秦箏、王萍、阿渡、老張、于立山和一個叫「隱客」的神祕人。

每逢週末，阿紅就跟秦箏學開鎖。

鎖的種類有很多種，最普通的就是防盜鎖，還有彈簧鎖、組合鎖、電子鎖、磁力鎖、球型鎖、保險箱鎖、喇叭鎖、插芯鎖、密碼鎖、指紋鎖、聲控鎖、智能卡鎖、老式門鎖、片子掛鎖、雙控式隱形門鎖、金武士鐵門三段鎖……不能盡錄，而阿紅都必須一一學會開鎖的技巧。

阿紅喜歡秦箏家裡那張舒服的床。

臨睡前，秦箏就會在她床邊，講了很多歷史名人的小故事。

王萍名義上是阿紅的師父，每次見面就只會帶她逛街，買好看的衣服給她，替她好好打扮一番。

照王萍的說法，就是要培養她的美感。

阿渡是個悶蛋。

阿渡在車行裡忙得不可開交，就僱了阿紅作助手，幫忙遞上修理用具，一大一小在車底爬來爬去，弄得滿臉都是黑黑的油污。

每次完成工作，阿紅都會拿到工錢。

阿紅來到老張的家。

老張是個和藹可親的老人，而他腳邊有個叫張嫯的男孩。

「我叫阿紅。你呢？」

張嫯比她大一歲，卻垂著頭不太會講話。

「嘻，第一次有女生找他聊天，這小鬼害羞，連話也不敢說呢！」

張嫯是百年一遇的用槍天才。

三歲時，老張抱他到玩具箱中挑選玩具，這小孩卻正眼也不看箱裡的東西一眼，只抓住老張繫於腰間的眞槍不放。

老張猶豫了半天，還是想不到給阿紅的課程。

「我沒有甚麼可教妳呢……」

他突然靈機一動，就說：

「有了！我就教妳偷懶吧！」

張嫯和阿紅年紀相彷，兩人一起受訓學做專業盜賊，同病相憐，很快就成了要好的童年玩伴。

偷得浮生半日閒，兩人就到水塘捉蝦、到湖邊抛石頭、共吃冰淇淋和棒棒糖……有時又會貪玩，用學到的盜術潛入食店的廚房，解放籠裡的小狗，好使牠們不用變成火鍋湯料。

「風流俠醫」于立山在市中心有家診所。

專業的醫學知識太艱深，小小的阿紅要學也學不了。

那麼，于立山可以教她甚麼呢？

「女人長大後，最大的敵人是男人。我來教妳防範男人的技巧吧！」

于立山爲了讓她看看男人有多壞，就叫她躲在牆櫃裡，偷偷瞧著他和女病人調情的經過（接吻以上級數的事情立禁）。

原來女人可以是很傻的，輕信男人的話，幾句花言巧語，就被哄得服服貼貼的……阿紅大開眼界，常常提醒自己：「我寧死也不要做這種女人。」

隱客最古怪，也最神祕。

他從不現身，只透過電腦螢幕來和她打字溝通。

與其說是她的師父，不如說是她的老師……每次在網上見面，他都是在教她做功課。不過，有這個師父也不錯，阿紅知他是個數學很厲害的人，理科知識也很棒，她一有難題就會找他，往往得到滿意的解答。

盜賊的訓練雖然艱辛，但阿紅很能吃苦，加上天資優厚，大大小小的難關都一一熬過。對這小女孩來說，比起以前沒人疼的日子，現在確實是好多了。

日子很快地過去了。

經過九年寒暑，阿紅已由一個小女孩，漸漸長大成美麗娉婷的少女……

二〇〇七年·馬家大宅

將人之所謂惡者，天以爲善乎？
人之所謂善者，天以爲惡乎？
自古至今，亂日常多，小人長勝，
何天道之好善惡惡而若是戾乎？

劉伯溫這篇《郁離子·天道》，道盡了世道的不公。
道德腐敗，人人沉醉在鍍金的夜色之中，
笑得像佛的傢伙，骨子裡可能是心懷不軌的惡魔。
在笑容面前，很多人都是疏於防備，甚至是毫無防備。
因此世上最危險的陷阱，就是藏在微笑裡的謊言和詭計。
這個故事，起因就是「微笑」。

25

水天一色，馬家大宅。

十年前這裡只是一片只長毒紅菇的荒地，十年後這裡建成了馬家少爺的新居，不計屋內燦然耀目的裝潢，單是大廳那面向湖的落地玻璃牆，已經教城裡那些淪爲房奴的升斗小民抹一把眼淚。

媒體報導，在二〇〇七年的除夕夜，馬公子就是趁著日落，站在大廳這面玻璃牆前向女友孟寧求婚。

在斜陽逐浪的美景之中，沒有一個女人可以拒絕一個拿著鑽石戒指的男人。

只不過，令她驚訝的是，戒指上的鑽石很小，實在不配馬公子的身分。

但，更令她驚訝的是，那鑽石原來極度罕有，堪稱是「天價之寶」。

馬公子家財萬貫，出手闊綽，豈會在求婚這件人生大事上吝嗇？當馬公子的未婚妻知道那鑽石的價值後，驚得整隻手腕都在顫抖，唯恐把無名指上的戒指弄丟。

馬公子其貌不揚，又矮又胖，有點像凸著肚子的拿破崙，但全城的單身女子都視他爲夢中情人，除了因爲他子承父業經營珠寶買賣生意，也因爲他曾被電視台選爲「最懂得花錢買浪漫的男人」。

以前是「郎才女貌」，現在卻進入了「郎財女貌」的時代。聽到馬公子要結婚的消息，城中的單身女子都指著雜誌封面，詛咒他的未婚妻生出怪胎。

良辰吉日，喜宴迎賓。

今晚來參加馬公子訂婚喜宴的人非富則貴，來賓們口沫橫飛，賀詞連篇，盛讚馬家的氣派嚇得鄰居慚愧自卑。

馬宅大廳可以容納兩百多人，這樣的氣派當眞非同小可。

富豪辦宴會，爲顯品味，通常會播放古典音樂。再好的高級音響設備，也比不上眞正樂器的音色，於是馬公子一擲千金，聘請某音樂學院的演奏系樂團到場演出。

大廳某角有座鋼琴，琴師尚未就座。

葡萄美酒夜光杯，玫瑰香燭翡翠燈。

月色和星光在窗外再爭輝，也比不上屋裡的富麗堂皇。

馬公子正帶著一群記者朋友進場。

其他富豪見了，喃喃私語：「難怪馬公子的生意做得這麼火，只要這些記者金口一開，一人幫腔說一句好話，他又會成爲今期風雲人物，簡直就是免費廣告。」

有個像鄉巴佬的富商嗟訝道：「這些記者都是爲了馬公子而來？眞牛氣！」

旁人笑道：「只有馬公子還不夠，還要靠他的老婆。」

聽到這裡，鄉巴佬才突然醒覺，馬公子的未婚妻叫孟寧，原來就是全國知名的女演員。

那人回頭又道：「不夠、不夠……要做出轟動的新聞頭條，只有他老婆還不夠，還需要另一個女人……」

鄉巴佬奇道：「另一個女人？是他的老娘嗎？」眾人聞言大笑，只有他不明就裡，如墜萬里霧中，伸手搔了一搔，又有煩惱絲由半禿的頭上掉了下來。

這時，迴旋樓梯上出現穿著白色晚裝的麗人。

賓客們的目光都投向同一點。

孟寧甫一亮相，人人都立刻朝她的胸口望去，並不是因爲她有甚麼巨大豐滿的乳房，也不是因爲她胸口上有甚麼未褪色的吻痕，而是因爲她胸口上掛著的就是鑲著天價鑽石的項鍊——紅粉佳人。

那項鍊造形誇張，墜子是弦月形的金飾，鏤著鳳紋，貌似古物，有一顆光華射目的鑽石鑲在正中心。

鑽石本身平平無奇，奇就奇在它的顏色——鮮艷奪目的紅色。

「美人寶石，自古以來都分不開，要襯出寶石最美的光芒，就只有美人潔白的肌膚了，這是再好的櫥窗也比不上的展架。這些記者趨之若鶩，說是爲了孟寧，倒不如說是爲了那寶鑽。」

眾所周知，愈接近無色透明的鑽石愈値錢，但這並不是必然定律，物以罕爲貴，更珍貴的是擁有天然色澤的彩鑽。而紅色鑽石的成因是內部結晶晶格扭曲，數百萬顆鑽石中才會出現一顆，因此堪稱稀世奇寶。

艷彩紅鑽更是極品中的極品。

馬家是開珠寶店的，沒有這樣的珠寶又如何襯得上馬家的新娘？

孟寧身前身後總共有四個穿著西服的護衛，他們負責保護一個女人，但這個女人卻不是孟寧，而是「紅粉佳人」。

賓客們看見這件勾魂奪魄的首飾，都覺得果然是不枉此行。一個女人這輩子能戴上這樣的項鍊一次，也算是死而無憾了。攝影記者立即舉起照相機，既照新娘，又照珠寶，白色的大廳登時黃光透亮。

音樂慢慢地奏起，晶瑩剔透恍若飄雪般的琴聲溜進大家的耳裡。

賓客們紛紛往大廳一隅望過去。

大廳那個角落圈出一片地，十二個人組成的樂團開始演奏，本來是想烘托馬家未來媳婦出場的氣氛，卻想不到喧賓奪主，搶盡風頭。

本來空空的鋼琴前，坐著一個人。

水簾似的琴聲，宏亮無比。

指尖在琴鍵上左來右去，精準而優美。

那個女鋼琴師的演奏實在有說不出的魅力，琴聲融化了每個人的身體。

在琴聲帶動下，其他樂器發揮出無與倫比的震撼力。

她的琴音，證明了世上有些無形的東西比有形的珠寶更美。

有人按捺不住問：「彈鋼琴的人是誰？」

有人驚叫了出來：「蕭紅！」

長長的蛾眉，有點尖尖的鼻，一雙感情豐富的瞳孔，短髮少女穿著晚禮服，驟看還以爲她是個俏公子。

她就是蕭紅，十七歲的蕭紅。

26

這位十七歲的少女就是蕭紅，音樂界明日之星蕭紅，全國鋼琴大賽冠軍蕭紅。

有人說，她的琴聲是洗滌人類心靈的琴聲。

有人說，聽過她的演奏，可以三天不洗澡。

傳言可能是誇大了幾分，但大家都不得不佩服蕭紅的琴藝。在大鋼琴周圍的演奏者也不是泛泛之輩，他們技法純熟而且表演投入，果然不愧是音樂學院演奏系的學生，個個身手不凡，收費一定不菲。

餘音嬝嬝，散入人群之中，曲終音歇。

完美，而且令人感動。

另一曲又再奏起。

眾人聽出耳油之際，眼前突然一黑。

烏雲恰好遮住了月光，湖面只有一片模糊的月影，大廳裡人影幢幢，有人不小心踢到旁人的腿，有人大意疏忽，把酒杯碰下地。

這樣的黑暗來得離奇，演奏也被迫中止了。

馬公子大發雷霆，大呼大喝：

「停電？快去找人修理，打開後備電源。」

四名護衛趕緊保護孟寧，她自己也將項鍊握得緊緊的。所有人都知道，愛在黑暗中活動的動物除了蝙蝠和貓頭鷹，還有飛簷走壁、無處不在的盜賊。

皎皎空中孤月輪、月照花林皆似霰……把巨窗看成畫框的話，窗外就是張若虛在《春江花月夜》中描述的美景。

「外面又沒有颳風下雨，突然停電眞是怪事。」

「有甚麼好稀奇的？這會場用燈過量，一下子超荷就會出事。」

「還要等多久才會有電？」

四處都是喧鬧的人聲。

霎時，滿屋的燈光亮起。

水晶燈下，圍著孟寧的護衛都一一倒在地上，似是受到了重擊。

孟寧面現驚色，尖叫了出來。

但她手裡仍然緊緊握住那條項鍊。

馬公子立刻過去，向孟寧道：「鑽石項鍊沒事吧？」這番話一出口，眾人就知馬公子關心鑽石多於關心自己的未婚妻。

孟寧顫聲道：「我不知道……剛剛漆黑一片，項鍊好像被人輕輕碰了一下。」

馬公子望著孟寧的脖子，見到項鍊好端端地還在上面，頓時鬆了一口氣。

「就是說，有人想偷項鍊，但他沒有得手吧？」

孟寧不置可否，只是皺著眉頭。

那幾個護衛忍痛站起來，馬公子的怒火即時爆發，一一向他們盤問。但護衛們面有難色，腦中一片癡呆，只說突然遭襲，卻又說不出一點細節。

在那擺著樂器的角落裡，蕭紅的朋友開始竊竊私語：

「怪盜入屋，眞像動漫裡的情節哩。」

「有賊？我看只是主人家心裡有鬼。項鍊就套在她的頸上，除非把她的頭砍下來，否則根本不可能拿得走。」

「閉嘴！你說得太恐怖了！」

「就算是眞的發生失竊案，嫌疑也不會落在我們身上，因爲我們可以互相作證，我們沒有離開這演奏區半步。」

就在此時，保全公司的負責人出現，低頭向馬公子賠不是，又拍拍胸口，保證這個又保證那個。

「馬公子，全屋的門窗都裝有保安裝置，一有甚麼風吹草動，所有門窗就會自動緊閉，保證就是難進難出……不，就是連蒼蠅也絕對飛不出去！我可以向你保證，就算賊人有種偷鑽石，他背上有十對翅膀也離不開這裡的門口！」

這番言詞信誓旦旦，馬公子這才漸漸息怒。

但馬公子始終放心不下，在親戚之中不乏鑑賞珠寶的行家，他便請了幾位信得過的叔伯出來，又著傭人去取來器具，即時驗明鑽石的眞僞。

馬公子看到賓客們惶惑的表情，吞了一口唾液，便想：「我這麼大驚小怪，臉是丟了，但聲譽攸關，可不能搞垮這次的宴會。」

他便上台向大家致歉，請賓客們繼續暢飲，請樂隊繼續奏樂。

與此同時，又有人急匆匆走到台上，神色凝重，在馬公子耳邊說了一段話。

馬公子聽了，面色沉了一沉，驚叫了出來。

那一聲傳入了麥克風之中：

「甚麼？是假的？被人掉包了！怎麼可能？」

台下聞言，一陣騷動。

「紅粉佳人」不見了！

27

劫案發生後，來賓們不歡而散。

即使這個人是名人蕭紅，離開馬宅時也必須經過嚴密的搜身。而且她覺得自己的待遇特別差，那個保全人員對她非常不客氣，幾乎在她身上可以摸的地方都摸上幾遍，不可以摸的地方就用探測儀器調查。

這個人是個帥哥的話倒還可以接受，但蕭紅看了這個鼻子像鉛筆筒的男人就反胃。

他過去通知保全組長，組長過來親自搜一遍。

蕭紅漲紅了臉，忿然道：「你們非禮我，夠了沒有？」組長仍是板著臉，逐件檢查她手提袋裡的化妝品，直到找不到任何可疑的跡象，才不得不放人。蕭紅臨走時，那組長瞪著她的目光還是不懷好意，她卻對著他做了個鬼臉。

湖邊的空氣果然特別清新！

蕭紅在屋外和樂團的同學會合。

胖子道：「阿紅，我們等妳很久啦！我還以爲我是最胖的一個，所以搜身特別久，但看來妳和我不遑多讓呢！」

蕭紅道：「要你久等眞不好意思，不如我請你吃飯賠罪吧。」

胖子見她示弱，倒是覺得奇怪，便問：「妳當眞的？妳無故對我這麼好，我怕那些飯菜會有毒呢。」

蕭紅笑道：「不要客氣，我打算請你吃的是豬糧罷了！」

其他人聽了大笑，胖子自己也忍不住笑出聲來。

這胖子姓梁，是蕭紅在音樂學院裡的同學，平時有事沒事就是愛和蕭紅抬槓，通常都是口不和心和，沒有甚麼隔夜仇怨。

阿紅身旁是個提著小提琴的男生，他有張秀氣不俗的臉。望著天上的月亮，他心口就是有股悶氣，若有所思，話就從嘴邊溜了出來：「沒想到今晚會發生這樣的事。」

一位女生接聲道：「是啊！有記者過來問了我一些事，這樁珠寶失竊案明早肯定見報。那個賊眞是膽大包天呢，竟敢在那個場合犯案。」

另一男生道：「別管這麼多，最重要是我們沒有白做，支票在我手上，下星期給大家拆帳！此地不宜久留，該走了。」

蕭紅和那拿小提琴的男生走在一起。

梁胖子見了，便道：「阿紅，妳今天想坐哪個男人的車回家？不，我應該問妳今晚會去哪個男人的家？喲……好痛呀！」

梁胖子語氣輕浮，蕭紅狠狠地跺了他一腳。

眼見蕭紅有意再跺一腳，梁胖子便躲在蕭紅身旁的男生身後。

「哎喲！張嫯，你的女友好兇！看，我的皮鞋快扁了……」梁胖子的嘴巴最厲害，繼續胡言亂語：「張嫯，今晚回到家，你要幫我報復！」

張嫯百般無奈地笑了一笑。

只見一輛黑色的四門轎車停在路邊。透過側窗，只能看見司機臉上的墨鏡，在黑暗中發出鐵一般的寒芒，感覺上他是個不苟言笑的男人。

張嫯跟朋友道別後，上前爲蕭紅開門，繞了半個圈，由另一邊上車。

蕭紅展開雙臂靠在後座，以疲累的聲線對司機說：「阿渡，回家吧！」

直到車子駛遠，馬家大宅消失在視線之內，張嫯和蕭紅才眞正地鬆了口氣，不禁露出孩子氣的笑臉。

「剛剛眞險！」

蕭紅就是阿紅，現年十七歲的阿紅。

在同學們的眼中，張嫯是個家境富裕的少爺，而阿紅與他就是挺相配的一對兒。殊不知這一切都是假象，阿紅和張嫯同是犯罪組織「刀片」的成員。自十三歲開始，兩人已是合作無間的拍檔，但以平日的身分去執行任務，這回卻是第一次，稍一不愼出了意外，必然就是身敗名裂。

「紅粉佳人，艷彩紅鑽，早在我潛入化妝室的時候，已經把項鍊偷龍轉鳳。王姊姊做的僞品眞假難辨，要不是突然停電，我相信可以一直瞞天過海。」

說到這裡，阿紅不禁盯了身旁的小提琴一眼。

阿紅又說：「幸好那些笨保全沒想到小提琴裡有古怪。」

這小提琴就擱在阿紅和張嫠之間，原來阿紅成功換走「紅粉佳人」後，就由張嫠接贓，將項鍊藏在小提琴裡的暗格。

大部分人以爲項鍊在停電期間被偷，實情卻是阿紅先下手爲強。由於是表演嘉賓，阿紅有藉口拜謁主人家，而她就是在化妝間裡下手，用贗品專家王萍做的項鍊來掉包。

阿紅的手法得自亞善眞傳，快得不可思議，準新娘孟寧絲毫沒有察覺，便把假的項鍊戴在頸上。

張嫠按了按皮套裡的小提琴，忍不住問：「這樣的鑽石値錢是値錢，但要脫手倒是個大難題。眞不知亞善在想甚麼，竟然要妳冒這種險。」

阿紅直望向前，隨口應道：「我也不知道……亞善總會有他的主意吧！」

爲甚麼要偷這樣的東西？孟寧和阿紅是好友，所以才會邀請她來作表演嘉賓。雖說馬公子並非眞的要把「紅粉佳人」送給孟寧，但要偷朋友的東西，阿紅的感覺又豈會好受？但亞善不但一意孤行，而且直言正色：「在我這輩子的盜賊生涯之中，這件東西是非取不可。我可和妳約法三章，當把東西偷到手之後，我就會把鑽石還給對方。」

當時阿紅大怔不已，問道：「偷了又還給人家？這樣做有甚麼意思？」亞善的答覆極其簡單，答了等於沒答：「相信我。」儘管心中充滿了無數個疑竇，但阿紅熟悉亞善的性格，也沒有再追問下去。

現在，縱有波折，總算是順利把「紅粉佳人」偷到手。

張嫯想起大屋中的突發事故，仍是心有餘悸。

「眞是不幸，竟會遇上停電這種事。」

「你錯了，這不是不幸，也不是偶然。」

「不是偶然？」

「大廳停電，護衛倒下，都是早有預謀的一場戲。看來我早就被人盯上了，對方的用意是想藉機會向我搜身。」

「妳是說……」

在張嫯開口問話之際，他從倒後鏡看到一輛保全車。

保全車亮起兩盞野火般的車頭大燈，充滿敵意地貼近他們的車。

28

保全車的兩盞頭燈映在後窗上，只見後車載滿了穿著制服的保全員。
對方沒有即時採取任何攔截行動。
張獒從座墊中的暗格取出一柄手槍。
阿渡看著倒後鏡中的阿紅，等待她的指示。
「不要加速，照原定的路線走。」
阿紅這麼說，就像是不把後面的保全員放在眼內。
公路上的其他司機看到一幅古怪的畫面：保全車明明正在追逐前車，卻沒有響起鳴笛，也沒有超車，似在護送政治要員，與前車在相同的行車道上以同樣的速度行駛。
那輛保全車緊貼著阿渡的車，將近二十分鐘，便到了山腳下，兩輛車一起駛進旁邊一條上山的岔路。
上山的路蜿蜒狹窄，又行駛了約五分鐘，兩車在斜坡上停車。
車就恰恰好停在一片開曠的空地上，一邊是漫天的樹幹和峭壁，一邊是戶戶燈火的夜景，這裡是一個適合談情和做一些曖昧的事的地方，而不是一個適合開槍火拚的地方。
保全車停在下路，換句話說是堵死了上路的車。

阿紅和張嫯下車，阿渡卻獨留車上。

對方沒有教他們久候，四扇車門同時打開，又同時關上，時間配合一致。下來的是四個男人，他們豺狼一般的目光同時盯在阿紅的身上。

阿紅早就認出他們是在馬宅裡負責搜身的保全員。

她不慌不忙地說：「原來是同行。」

那帶頭的保全組長揚起眼眉，頗感好奇，問道：「同行？妳怎麼知道我們不是眞的保全？」

阿紅機伶地眨了眨眼，笑道：「我下車前還不知道，下車後就立刻知道了。」那保全組長摘下帽子，露出一個平頭，又問：「爲甚麼？」阿紅沒有作聲，只是拿出一張面巾，輕輕甩手，面巾就被迎臉而來的涼風吹走，彷彿變成一隻隨風翩飛的白蝴蝶。

保全組長嗤之以鼻，假意拍了拍手，譏笑道：「現在不是表演魔術的時間，請妳好好回答我的問題。」

阿紅道：「就是這陣風告訴我的。」

保全組長大奇道：「風？」

阿紅指著對方身後的保全車，又指了指自己的鼻子，說道：「這陣風一吹來，我就嗅到一陣未乾的油漆味，看來你們的車才上漆不久……也許是這幾天內的事吧？油漆未乾透就上路，我能想到的可能性只有一種。」

保全組長後面的一個胖子悶哼了一聲。

阿紅似是讚美，又似是譏諷地說：「你們的車確實僞裝得很好，如果只是用肉眼看的話，即使是眞正的警察，也不會懷疑這是假的保全車。」

保全組長突然大笑，說道：「嘿嘿，就是百密一疏，想不到會被一個機伶的妹妹識破。妹妹，妳眞是不簡單！」

阿紅長嘆一聲，直言道：「你才是不簡單呢……不過，我也想不到自己是哪裡出了錯，竟被你識破我的身分是賊。」

保全組長道：「愧不敢當。其實我是借助高科技儀器的幫助……化妝室是全屋裡唯一沒有閉路電視的地方，選擇在化妝室下手，可見是最明智的決定……嘿，我們這些做賊的，想法也差不多，別人的盲點就是我們的機會，所以我們在那裡安裝了針孔攝影機。」

阿紅睜大了雙眼，氣沖沖道：「你在女人的化妝室裡放攝影機？」

保全組長道：「偷拍歸偷拍，我們很有道德，懂得維護女性的隱私權，絕不會把片子公開出售。話說回來，我眞想不到鼎鼎大名的蕭紅竟是大賊，如果有報館出高價買新聞，我肚子一咕嚕，就怕會受不住道德的誘惑。」

這番話擺明是在勒索。

保全組長單刀直入，接著說：「家有家規，盜亦有道，妳儘管放心，大家都是想發點小財餬口，我們也知道做賊的難處，砸爛同行的飯碗是大忌，只要我們今晚高高興興地回去，自不會揭穿妳的身分。」

他的意思阿紅豈會不明白？

阿紅沒有說話，她的回答只有一個微笑。

她向上舉起右手，一晃眼間，手心上掉下一條閃亮的項鍊。

黑夜裡僅有的車燈和月光彷彿都被吞噬了，成了懸吊在空中的月形美鑽的陪襯品，菱形的中心轉折著無數道光芒。

眾人的眼睛都瞪得老大。

「紅粉佳人……果然是鑽中極品！」

對面那幫人出聲讚嘆，喉頭裡發出垂涎的聲音。

而阿紅也沒有教人失望，信步走到對面，乖乖地將「紅粉佳人」放入保全組長的手心，然後替他把手掌合上。

保全組長光著眼看著阿紅。

「妳這是甚麼意思？」

「小朋友夜深回家，身上不敢帶太值錢的東西，所以想你幫我保管。」

「哈哈！妹妹，妳眞懂得人情世故。」

「不過，我爸爸知我不見了東西，到時會罵我，我就會說有個叔叔欺負我。」

「妳爸爸是誰？」

「亞善，『刀片』的亞善。」

保全組長微微一怔，面色不由一變，問道：「亞善……沒想到是他……妳們是『刀片』的人？」

阿紅模稜兩可地笑了笑，說道：「請你好好保管這條項鍊。你留張名片給我，過幾天我會想法子取回來。」

這是宣戰，出自這個看似弱不禁風的少女之口。

保全組長笑了，發出令人煩厭的大笑聲。

他眼裡閃著狡猾的神色，已想出一番應對的話：「我這樣要了妳的東西，風聲傳了出去，別人只會說閒話，再者我也不想和人結怨。這樣吧，既然大家都是賊，不如就用技藝來決一高下吧！」

29

鬥藝!?

阿紅和張獒以奇怪的目光望著那保全組長。

保全組長道：「我姓嚴，兄弟都叫我嚴四。我不是排行第四，只不過四是我的幸運數字，我三番四次死裡逃生，就是命硬死不去。」如他所言，他臉上確有一條顯眼的大疤，斜斜地貫穿他的左眼和右頰。

阿紅問道：「你要和我鬥甚麼?」

嚴四道：「我們是賊，鬥的自是做賊的技藝。如果我看女人的眼光沒錯的話，妳應該就是『刀片』的『鎖客』了，因爲我聽說『鎖客』是個天仙一般的美人。」

阿紅知他所說的可能是秦箏，卻也笑道：「有男人讚我貌美，我是不會否認的。」

嚴四知她這麼說等於承認了身分，又似笑非笑地道：「傳聞中的『鎖客』是個開鎖的天才，甚麼鎖都能開。賊界出了這樣的人才，我真的感到很驕傲。」

阿紅道：「賊界出了一個穿保全制服穿得如此好看的嚴大哥，我也感到很驕傲。」

嚴四道：「哈哈，被小妹妹誇讚，我的臉一定紅透了。廢話不說了……依我看，妳身邊這位男伴帶槍在身，想必他就是『鎗客』吧?而車裡的大哥就是『車客』，請問我猜的有沒有錯?」

阿紅表面不動聲色，心裡卻道：「這個嚴四能看出我們的來歷，果然不是普通人物。要從這種人手上脫身並不容易，只好走一步算一步了。」

就在此時，嚴四叫兩名同黨合力抬出一座鋼製保險箱。

路邊有一塊光溜溜的大青石，兩漢依照嚴四的吩咐，把保險箱放到石上。

嚴四道：「這保險箱和馬宅裡的一模一樣。項鍊被妳捷足先登，不然的話，我們就會假扮成保全公司的人，用它來換掉眞正有寶鑽的保險箱。」

這兩個賊幫同時盯上馬家的寶鑽，所以就在馬宅裡狹路相逢。

嚴四繼續說下去：「既然鎖客、鎗客和車客都在場，我們不如就比試三場，鬥的就是開鎖、開槍和開車。咱們就在這裡說好，三局兩勝，哪一方勝了就可奪得項鍊，之後不得再找對方算帳，好不好？」

阿紅心裡明白，做賊的都不會是甚麼正人君子，這些條件表面看來是便宜了自己，但內裡一定另有詭計，說是鬥藝，就是想找個藉口來教她知難而退。

事到如今，阿紅自知再無選擇，只好硬著頭皮答應：

「嚴大哥是老前輩，你說一是一，說二是二，大家一諾千金，只要是公平比試，我一定奉陪到底。」

「好，這回合我們首先切磋一下開鎖的本事。鐵七，出來！」

鐵七傲慢地走出來，神態顯然是看不起阿紅這一介女流。他長得一副惡相，五官亦比尋常人大些，大鼻招風耳，眞是奇人怪相。

嚴四拍了拍鐵七的肩頭一下，向阿紅介紹說：「這位兄弟叫鐵七，綽號是『順風耳』，從小就對鎖有特別癖好，他作妳的對手是再好不過。」

阿紅一見是鐵七，不禁在心裡大罵：「馬宅停電就是這夥人所爲，大費周章，就是想藉故搜我的身……就是這個鼻孔像筆筒的混蛋對我搜身，還在我身上亂摸……我一定要你栽倒在我的手上！」她愈想愈氣憤難平，無論如何也想還以顏色。

嚴四拿出菸包，一邊點火一邊說：「請大家看看，那邊有個防盜保險箱，保險箱前面有三個環，各有十個數目字，由〇到九……」

目光又回到那座保險箱上面，只見是撥輪式的保險箱，內內外外共有三個環。即是說，把三個環各自轉到某一個數字，再把鑰匙插進鑰匙孔，保險箱的門就會一扭而開。

要打開一個這樣的保險箱，對普通人來說是件難以辦到的事，但在專業盜賊的世界裡，卻是和「賣油翁酌油」一樣容易的基本功夫。

張獒一直默默站在阿紅身旁，忍不住出聲提點：「這不行！阿紅，妳別答應他，這場比試對妳不公平。」

嚴四聽了，便問：「我還未說出比試的細則，你又怎知對她不公平？」

張獒血氣方剛，大聲說話：「開鎖嘛，不就是看看誰能打開這個保險箱嗎？保險箱是你們拿來的，你們知道密碼，當然可以隨意打開。」

嚴四吸了一口菸，吐出一個煙圈。

他看了看阿紅，又看了鐵七，接著才回答張獒的問題：「沒錯，這場比試是鬥快開鎖，但絕不會是你所想的那麼簡單。」

30

張婺乾笑一聲，說道：「不是這麼簡單？開鎖還可以有多複雜？」

嚴四卻道：「要開鎖的人不是他倆，要開鎖的人是我。」

不只是張婺和阿紅，竟連嚴四的手下也聽得一頭霧水。

「蕭小姐和鐵弟是行家中的行家，只是開鎖一定難不倒兩位，這樣鬥藝也不夠意思，所以我把遊戲的難度提高一點，由一個手勢生疏的人來開鎖，他會不停地轉動密碼環，你倆在他的背後靜靜看著，不許動手，就看看你倆能不能隔空聽聲，來找出開鎖的密碼。」

隔空聽聲開鎖？

只是隔著一段距離，又不能透過親手旋動鑰匙來推敲鎖芯的結構，這確實不是一般開鎖賊所能做到的技術。

但阿紅知道鬥藝的題目之後，連眼眉也沒有皺一下，倒是胸有成竹地道：「是不是最快寫出保險箱密碼的人獲勝？」

嚴四著人取來兩份紙筆，分別遞給阿紅和鐵七，答道：「沒錯。所以我們要找一個手勢生疏的人來開鎖……如果蕭小姐信得過的話，不如這人就由我來當，妳意下如何？」他一轉臉，又向著張婺道：「至於保險箱的密碼，就由你來設定，這樣做你還會覺得不公平嗎？」

張獒再無異議，看了阿紅一眼，便按照保險箱的說明書來設定密碼。

阿紅和鐵七走到嚴四身後，兩人的較量馬上開始。

鐵七的鼻孔不斷噴氣，似在挑釁阿紅。

阿紅清楚，尊重對手是最起碼的江湖規矩，但她看了鐵七的兩個大鼻孔，實在很想將手中的鉛筆插進去，於是一不小心就笑了出來。

嚴四開始動手，一時撥弄輪盤，一時扭動鑰匙。

阿紅和鐵七集中精神，聽著密碼環的聲音。

彷彿置身在嚴肅安靜的圖書館一樣，而女館長正握住機關槍巡邏，所以無人敢發出一點聲響，大夥兒都在屏息以待眼前這一戰的結果。

阿紅「喔哈」一聲，似乎有話要說。

嚴四有點驚訝，停了下來，回頭道：「才不過十來秒，妳已知道密碼了嗎？」連鐵七也受到騷擾，忍不住望過去，心裡直嘟噥道：「不可能的！」

阿紅提起了筆，卻沒有在紙上寫字，而是露出嘻皮笑臉的表情。

「嘻，我這個人有個怪習慣，我愛一邊吃餅乾一邊思考……等等我，我要去車裡拿一點餅乾，回來之後繼續。」

阿紅走了兩步，又回頭對嚴四和鐵七說：

「用不著等我。這半分鐘我讓得起。」

鐵七聽到她的話，氣得七竅冒煙。

但他要阿紅輸得心服口服，也爲了顧全大賊風度，便不佔這個現成便宜，只是繞著雙手等著阿紅回來。

嚴四擔心阿紅有古怪，便遠遠窺視著她的一舉一動。而張嫯設定密碼之後，他就一直被人嚴密監視，沒有機會打暗號向阿紅通風報信。

阿紅並無異狀，眞的只是帶著一包餅乾回來。

自她回來之後，比試的氣氛頓時大變，阿紅就像變成了局外人一樣，一邊吃著餅乾，一邊看著鐵七冒著大汗的樣子，敵人緊張萬分，她卻笑口常開。

嚴四愈來愈覺得奇怪，心想：「她這樣做，莫非是想擾亂鐵七的心神？」

正當大家感到納悶，以爲還有很久才會分出勝負，鐵七卻忽然笑了，迅速在紙上連續寫下三個號碼，振臂高呼：「我贏了！」

直到這一刻，阿紅手上的白紙始終沒有半個字跡。

但目前還沒有人可以斷言鐵七的勝利，因爲他只是寫出了密碼，這個密碼是對是錯還有待驗證。

嚴四心裡有數，知道鐵七出錯的機會很小。

「蕭小姐，如果他的答案是正確的開鎖密碼，這場比試妳就是輸了。」

阿紅只是微微一笑。

嚴四請張奘作公證人，由他親自打開保險箱的鎖。

外環是「3」，中環是「6」，內環是「5」，一轉鎖匙，「咯嚓」一聲，保險箱的門應聲開啓，證明了鐵七的答案果然沒錯。

簡直是神乎其技！其他人的心裡響起這樣的聲音，以仰望勝利者一樣的眼神凝視著鐵七那張油亮的臉。

鐵七的脖子上彷彿多了一個透明金牌，奠定了他開鎖王的地位。

刀片的成員各有奇能，早就名動整個賊界，嚴四很早就想開一開眼界，可惜阿紅的技藝只怕是有負盛名，終於就在今日的一戰被鐵七比了下去。

「蕭小姐，妳輸了。」

三局中先取一局，嚴四宣判比賽結果。

「不，我贏了。」

阿紅終於出聲。

31

明明是鐵七講出開鎖的密碼，阿紅卻硬要說是她贏了，世上豈會有這等蠻不講理的事情？

嚴四一邊挖著耳朵，一邊說：

「蕭小姐，我不太明白妳的意思……妳說妳贏了嗎？」

「開鎖密碼不是三六五嗎？」

「沒錯。」

「既然沒錯，那我就是贏了。」

嚴四簡直要被活活氣死，看她長得一副聰明相，眞不知她怎麼會忽然糊塗起來？鐵七卻在鼻子裡發出幾下冷笑聲，乘機打岔道：「嚴大哥，你不要再管她。這妹妹一定是輸得不甘心，所以就開始耍賴了。」

阿紅雙眼骨碌碌地看著嚴四，有點淘氣地問：「嚴大哥，誰先把開鎖密碼寫出來，誰就是這場比試的勝方……我們不是這樣說好的嗎？」

嚴四道：「對，我們就是這樣說好的。鐵七寫出開鎖的密碼，而妳卻連一個數字也寫不出來，結果很明顯就是妳輸了。」

阿紅笑了笑，答道：「那就是了。那邊地上寫的是甚麼？」

眾人一同沿阿紅手指的方向望去，遙遙地卻看不清地上有甚麼東西。嚴四站得較近，用手電筒照了照，竟看到在那一片泥地上，深深淺淺地有一堆以腳尖畫的坑紋。

那坑紋原來是字，是阿拉伯數目字，是「365」這個開鎖密碼。

阿紅怕別人懷疑她作弊，便說：「這位鐵大哥可以作證，我去取餅前是站在他的右邊，回來後就站在他的左邊，之後一直也沒有再動過半步。」原來在她離場拿餅的時候，早已知道了開鎖的密碼，便故意作弄一下鐵七，以腳代手，在地上寫下那三個數字。

嚴四暗裡也在監視著阿紅，儘管知道她沒有說謊，但眼前的事實在太令人驚奇，無意間問了一句：「鐵弟，是眞的嗎？」

鐵七垂首看著地上的字，久久吐不出一句話，呆了半晌，才廢然道：「是眞的。」然後咬著下唇，向阿紅道：「今日有幸見識到這樣的高招，我鐵七只好認輸，甘拜下風！」

如此一來，鐵七終於明白了阿紅的圈套，她一直不作聲，就是要看看他空歡喜一場的糗模樣。

張獒看著鐵七黯然離場，心道：「阿紅是很會記仇的……連我也不敢得罪她哩……」

阿紅勝了一仗，意氣風發，看了看手錶，刻意擺出不耐煩的臭臉。

「嚴大哥，謝謝你手下留情，再贏一場我們是不是可以回家啦？接下來你要鬥槍還是鬥車？」

「難得空氣這麼清新，鬥車的話，就會排出廢氣，大失雅興。還是先鬥槍吧！」

張獒聞言，站前一步。

他是「鎗客」，要應戰的人當然是他。

阿紅和張獒是青梅竹馬長大的好友，各自爲亞善和老張的傳人，由於兩人默契甚佳，所以一直是形影不離的好拍檔。

阿紅見過老張開槍，也見過張獒開槍。

老張射中紅心，張獒亦射中紅心，兩人的子彈都是百發百中。

也就是說，張獒的槍法已和老張不相上下。

神槍之準，早已威震天下，就和北京的烤鴨一樣遠近馳名。

同齡的小孩抱著小熊睡覺的年紀，張獒就開始抱住老張給他的手槍睡覺。同齡的小孩開始唸代數的時候，張獒已經開始接受全面的槍械教育，甚麼槍都會用，荷槍實彈，射鳥獵鹿。

在老張引退之後，張獒就取代了他的位置。

在亞善領導的「刀片」之中，「鎗客」是天下第一的神槍手。

這件事在賊界廣泛流傳，幾乎已經無賊不知。

正是如此，阿紅怎樣也想不通對方爲甚麼要和張獒鬥槍。

「嚴老大，這是你叫我去取的東西。」

在嚴四幾位手足之中，有個人長得特別矮小。他依照嚴四的指示，打開後車廂，取來一個鞋盒，並交到嚴四手上。嚴四向著張獒打開鞋盒，只見鞋盒裡擺著兩支手槍，兩支都是舊式的左輪手槍。

嚴四忽道：「小劉，你現在怕不怕開槍？」那矮小的人答道：「還可以。」嚴四瞅了張獒一眼，又對著小劉說話：「那好吧，就由你來作『鎗客』的對手，和他鬥一鬥開槍的本事。」此話一出，不僅是張㚜和阿紅，竟連小劉本人也大感費解，錯愕地望著嚴四。

小劉擺了擺手，向後退縮，說道：「老大……我不行的。」

嚴四道：「你聽著我的話去做，老大肯定你會贏。」

嚴四只取出一柄槍，把鞋盒放下，又繼續說：「這支槍可以收起。一支槍就夠用。」

阿紅見他在耍花樣，忍不住問：「嚴大哥，你到底想玩甚麼遊戲？」

嚴四冷森森地笑了一笑，逐一吐出五個字：「俄羅斯輪盤。」

所謂「俄羅斯輪盤」，說白了就是一種玩命的遊戲。雙方用同一柄槍，輪流向自己的太陽穴開槍，誰先中槍誰先死，兩人只能活一個。左輪手槍，其轉輪上有六格彈巢，只在當中的一格放子彈，由此可知存活率僅是六分五，依次減少，到第六次開槍就是必死無疑。

阿紅皺起了眉頭，正言厲色道：「彼此並無深仇大恨，何必要到賭命的地步？」

嚴四撫著手中的槍，笑著回答：「呵呵，我嚴四爲非作歹，但我還不是亡命之徒。放心吧，我們要玩的是健康版的『俄羅斯輪盤』，注碼不是一條命，而只是你我的一條大腿。玩法很簡單，雙方輪流瞄準大腿開槍，不敢開槍的一方就是敗者。」

張㚜已沉不住氣，瞪著嚴四，毫無懼意地說：「你太看不起我了，你以爲我會怕死，不敢在自己的腿上轟一槍？」

嚴四城府極深，除非他自己開口，否則別人極難猜透他的心思。

這時，嚴四回望張獒一眼，澄清遊戲規則：「誰說要在你的腿上轟一槍？我剛剛在和蕭小姐說話，『你我』指的自然就是我和她。我要小劉射我的腿，而你要射的，就是這位蕭小姐的腿！」

張獒怔怔地望著阿紅，眼神之中淨是迷惘和疑慮。

32

薑還是老的辣，嚴四這輩子在江湖打滾，早已看透了人情世故，從張獒望向阿紅的幾個眼神之中，已看出當中飽含關切之意，便知這小伙子對她有意思。再加上嚴四略懂一點面相學，一看張獒狼眼鳳眉，上唇比下唇厚，便知他是個重情重義的人，是以敢打賭這年輕人一定不會對阿紅開槍。

俄羅斯輪盤原是「純粹幸運，敢不敢開槍的遊戲」。

到了嚴四手上，就變成了刁難張獒的題目。

嚴四拉出輪盤，放入一顆子彈，然後使勁旋轉，再順勢「砰」的一聲扣好輪盤。他把手槍遞給張獒，問道：「要不要檢驗一下？」張獒猶豫了片刻，面色有點難看，話聲也似乎慢了半拍：「不用了。」

嚴四把手槍放在地上，輕輕一撥，手槍便似陀螺般自轉。

槍口轉了幾圈，停了下來，對準了嚴四自己。

「是我們這邊先開始。小劉，向我開一槍！」

小劉拾起了槍，斜著右手，顫抖地對準嚴四的大腿開了一槍。扳機一碰，嚴四依然安然無恙，看來這一下是打中了空心的彈巢。

嚴四瞇著眼，親自把手槍送到張獒的手中。

「換你了。」

張獒只感到昏頭昏腦，瞄了阿紅一眼，竟然失了方寸，一時之間呆若木雞。在他腦裡一片模糊之間，傳來阿紅嚴厲的聲音：「阿獒，不要管我，開槍！」

這一槍一扳機，有子彈的機率只不過是五分之一。

張獒卻挪開了槍口，不敢直視任何人，低聲說道：「不比了，我認輸。」

嚴四就是等他這句話，眉開眼笑，便說：「蕭小姐，妳看他對妳多好！謝謝承讓，這一局想不到贏得這麼輕鬆。」

阿紅掐了張獒的手臂一下，喊了一聲：「笨蛋！」張獒道：「輸一局有甚麼大不了？總好過教妳受傷吧！」阿紅搖了搖頭，道：「這位嚴大哥……他根本沒把子彈放入彈巢裡，這種障眼法你也看不出來嗎？」張獒始知上了大當，一眼望向嚴四，只見他吃吃地笑著。

當晚節外生枝，無故添上麻煩，阿紅不想再和這幫人磨蹭，便催促道：「最後一局，你快講明規則，好讓我們速戰速決。」

開鎖，開槍，之後就是開車。

嚴四對著斜坡上的車，大聲道：「車神阿渡，久仰大名！這次我們的比試很簡單，只要你能避過我們的車，駛到山腳下面，那我們就甘拜下風。」

嚴四的車停在路中間，堵住通往下面的路。

裡面是峭壁，外邊是斷崖。

車子與斷崖之間，僅有一條只容半邊車身通過的空隙。

阿紅見了，立刻說：「嚴大哥，你把我們當成三歲小孩嗎？這條小縫連小狗也過不了，我們的車又不懂得耍雜技，從這斷崖掉下去，你以爲還可以保命嗎？」嚴四卻理直氣壯地說：「如果連這樣的事也辦不了，傳說中的車神就太令人失望了。」

阿紅道：「你既然覺得有可能做到，那我們不如交換位置，由你們先示範一次！」

嚴四搖了搖頭，說道：「不，如果讓妳的車駛到下面，只怕你們就會乘機逃脫。」

要麼車毀人亡，要麼就主動投降，嚴四終於露出狐狸尾巴，原來他一直把那紅鑽石當成囊中之物，一心巧取豪奪，於是提出一件不可能做到的事情，好教阿紅等人打退堂鼓，把那條項鍊拱手相讓。

就在此時，阿渡的車發出轟隆隆的引擎聲。

這種引擎聲在眾人耳中變成了另一種意思：「這個挑戰我接下來了。」

嚴四沒料到阿渡竟敢冒死接受開車，心中有點慌亂：「不會是來眞的吧？莫非他眞的有法子可以穿過去？不可能的，用他那種車子，絕對做不了傾側行車這樣的技術！」

嚴四一回過神，就看見阿紅和張獒已上了阿渡的車。

車在黑暗籠罩的道路上亮燈，看起來就像一頭怪獸。

阿渡的黑車開始向後倒車。

眼見上坡是一片漆黑，嚴四心忖雖然忘了視察上方是否眞的沒路，但見對方的車頭朝下，在這麼狹窄的山路上，即使要做「三點轉向」也有點吃力，要做迴車是更加不可能，對方有甚麼鬼花樣，也有把握可以追上。

阿渡眞的踩盡油門，以極高的速度倒後行車，再在路段的盡頭甩尾轉彎，全程只有加速，沒有停頓和減速，一眨眼就把嚴四等人甩得不見蹤影。

眾人看到如此大膽和高超的後駛技術，不禁怔了一怔。

嚴四這才察覺不妙，摸了摸口袋，竟發覺阿紅交給他保管的項鍊，不知在何時已變成了一條廉價項鍊。

「糟糕，中計了！快去追！」

嚴四等人迅速上車，馬上發動引擎。

但他們的車子才往前駛幾公尺，就感到車輪失控，歪七扭八地墜向一邊。

原來車子的輪胎破了。

於是四人下來檢查爆胎的原因。

是刀片！

四個輪胎上插著四片刀片。

正常來說，橡膠輪胎會破是因爲滾上了釘子，卻沒有聽說過是被刀片刺穿的。

可以看出刀片早就插在輪胎上，直到嚴四一夥人開車，車輪向前滾，才將刀片壓入輪胎深處，導致輪胎洩氣。

「這是刀片？是甚麼時候被人動的手腳？」

某人一邊說的同時，一邊拾起壓在輪胎下的刀片。

「盜王亞善。」

嚴四灰著臉。

「是那個人來了。這是他的刀片，神不知鬼不覺的『魔刀』。聽說可在同一秒內連射四發，比扳機開槍還要快……」

如果不是親眼目睹，他們一定不會相信刀片會有這樣的用法，也不會相信有人可以這樣用刀片，就像變撲克牌的魔術一樣高深莫測。

「如果這四片刀片暗算的不是輪胎，而是我們四人的脖子……我們早已死得不明不白……」

想到這裡，他們的心都寒了一截。

人在荒山，寒夜的風也像刀片一樣鋒利。

33

疾風，颳向車窗，發出呼呼隆隆的響聲。

黑車離開了荒山，就以全速朝著路的盡頭進發。

亞善正坐在阿渡身旁，駕駛席旁邊的位子。

「嚴四不是省油的燈，妳竟然可以從他身上偷回項鍊，看來妳的偷術眞的已到了無孔不入的境地，如果再有甚麼盜王大賽，即使連我也未必是妳的對手。」

聽著亞善的誇讚，阿紅頗不以爲然，只顧按著手機上的數字鍵。

「才不是哩！你剛剛那招『五指連環弩』用得好快，勁力又準，四個輪胎全中……單是你這一招，我就永遠學不來。」

原來阿紅等人駛入荒山並非事出偶然，而是早就和亞善約好在那裡會合。亞善接到消息趕到，隱身在一旁，乘著眾人分神之際，便偷偷潛入阿渡的車裡。

嚴四處心積慮要騙走阿紅的賊贓，而阿紅一方面應付比試，一方面就在尋思脫險的妙策，透過能人所不能的「聯官感應」，暗中接收亞善的暗號。等到嚴四提出開車的比試，這就正中阿紅的下懷，乘機溜之大吉。

只見阿紅用拼音字母在手機上輸入短訊。

「我們已在山下，你沒指定從哪條路下山，開車的比試是我們贏了。青山不改，綠水長流，希望我們永遠不會再見……好，行了，這樣一來就可以氣死他們。」

一不做，二不休，這支手機是從鐵七身上偷來的，手機裡儲存了賊夥們的號碼。阿紅把簡訊發出之後，心裡暗暗好笑，很想知道嚴四等人收訊後會是怎樣的表情。

接著阿紅取出一張唱片，興奮不已：「亞善，你看看，這是甚麼？」亞善別過了臉，「哦」的一聲叫了出來，與她相顧而笑：「MAKSIM的新唱片！」

亞善把唱片放進車頭面板的唱盤之中。

魔幻般的電子音符很快填滿了整個車廂。

可能自小受到亞善的薰陶，他喜歡的音樂就是她喜歡的音樂。有時阿紅發現了一首悅耳的歌，第一時間向亞善介紹，他也一定會讚好。

阿紅就是喜歡坐在亞善身旁，將其中一隻耳機戴在他一邊耳上，自己戴上另一隻，然後她看她的雜誌，他做他的工作。

相同的音樂重播了幾遍，一路上再沒有變故，大半個晚上都在車裡度過，沿途都是一大片種滿了玉米的農田。

阿渡的車子就停在一座村落外面。

在叢林之中，有一幢標奇立異的房子。

它叫樹屋。

這裡就是他們的基地。

折騰了一整晚，阿紅和張㸊已累得直不起腰，兩人一碰到睡床就倒下，和衣就寢，沉沉地睡了一覺。

亞善分別替兩人蓋好被子，就對著阿渡笑著搖頭。

「這兩個孩子眞是的。」

自孩提時代開始，阿紅就和張㸊一塊兒長大，一同接受專門的盜賊訓練。兩人有時受不了，就會一起偷懶，躲在雜物房裡，不知不覺就睡到天黑，結果往往是亞善把他倆抱到床上。

不似阿紅，張㸊本身的音樂天分不高，但爲了要在阿紅面前逞強，又爲了陪她，憑著一股狠勁拚命練習，竟也把小提琴拉得有模有樣，和阿紅一同考上了音樂學院。

一眨眼，時光飛逝，阿紅和張㸊已長大成人。

亞善關燈前，百感交集，說了一句玄乎其玄的話：

「拯救地球的鑰匙，就掌握在這兩個孩子的手中……」

黑夜過去，清晨來臨。

阿紅最早起床。

陽光透過天窗，灑落在正廳中央的大鋼琴上。

阿紅洗了個熱水澡，還未換掉睡衣，興致突然一來，就在鋼琴前彈起練習曲。昨晚唱盤播過的曲子，她都完完整整地彈了出來，輕輕閉著眼，沉醉在自己的世界之中。

她聽見鎖芯的聲音，嗅到音符的香味。

任何鎖對她來說都是玩具，天下幾乎沒有她開不了的鎖。

任何樂譜在她手上都是小學程度的數學題，演繹得醉人而優美。

全因爲她有一對神奇的耳朵，還有一雙纖巧而敏捷的手。

每當樹屋裡的琴音響起，悠揚的樂曲便飄散在整個村落，而當村民聽到那些純淨的音樂，他們就知道阿紅已回到了樹屋。

木窗外，幾對骨碌碌的小眼往鋼琴這邊張望。

幾個小孩對著阿紅傻笑。

阿紅也朝他們露出最眞摯的微笑。

34

黑色的鏡頭捕捉了一張張淒苦的臉龐。

一九九二年，一個以《希望工程攝影紀實》的圖片展在北京展出，數萬人擠在展板前，觀看攝影師跑遍山區的作品：年老破舊的校舍、大眼睛小姑娘、揹著紅磚籌學費的稚童……一雙雙渴望上學的眼睛，似在把每個參觀者的心窩一一掏空。

人們眼中泛起了點滴的淚光。

沒有教育，孩子的一生就完蛋了。

老天爺殘忍，爲甚麼要令這麼多的孩子受苦？就是這項巨大的工程，牽動了千千萬萬個中國人的心，他們並不是甚麼富翁，他們平時省吃儉用，但他們都願意捐出部分積蓄，善款積少成多，數以億計，立刻捲成了巨大的慈善力量。

那年，中國人還很窮。

當時，亞善也到了那個展覽會，看了那些感人至深的照片。

那些照片喚醒了人類心靈深處的善心，也令亞善在人生交叉點上作出了抉擇，決心組織自己的義盜集團。

亞善接受了拯救窮人的使命。

許多年後，中國人漸漸富起來，一個以「大國堀起」爲題的概念被群起炒作，數萬人擠在銀行裡，注視股票代號的升升跌跌。各大指數漲停板、不翻倍不賣、賣菜的阿姨也投身到股海之中……一張張像在賭局中叫嚷的嘴巴，使百姓在嫌貧愛富的渦流中載浮載沉。

人們眼中閃著的是對金錢的渴望。

每當看到電視中那些貪婪的嘴臉，亞善總是感慨萬千，黯然自語：「在我們的國家，自然和社會資源並不匱乏，匱乏的是同情心。」

舉目所見，到處都是麻木不仁的嘴臉。自從富人和窮人之間被劃下清晰的界線，人就變得愈來愈自私，大部分財富流入一小撮人手中，而窮人就要三餐不繼，這個文明社會的貪官始終沒有正視過窮苦百姓的辛酸。

那些富人家財萬貫，仍然要挖空心思去逃稅，去賄賂詐騙，去巧取豪奪。要對付骯髒的人，就要用更加骯髒的手段。

替天行道，劫富濟貧……

亞善縱使知道改變不了甚麼，他也希望能幫一個是一個。

「不知不覺，已經十五年了……」

亞善在古董店的檯面前發出感言。

古董店的門口掛著「休業」的牌子。

「阿紅也快滿十八歲了，是時候對她說出一切眞相了吧？」

秦箏正坐在他的對面，穿著白色毛衣，清秀脫俗，仍是美貌如昔。歲月如梭，卻只在她的眼角留下一點淺淺的魚尾紋。

「嗯……」

亞善喝著秦箏為他沏的茶。

室內飄揚著一股鐵觀音的香味。

秦箏戴上了白手套，淺笑道：

「你也眞的不簡單，把阿紅培育成才……她現在已是全城矚目的鋼琴天才，我相信你會因為她而驕傲。你除了教她做賊的本事，也一直逼她練琴，從一開始就為她的將來而鋪路。」

「當我們完成了使命，我希望她可以過回平常人的生活。」

「很快就可以完結……辛苦了這麼多年，我們要找的東西，也差不多都找齊了……」

秦箏睜著一隻眼，正在用單筒放大鏡察看首飾板上的東西。

首飾板上放著的，就是阿紅冒險盜回來的「紅粉佳人」。

「你們前晚做的事很轟動，上了報紙頭版。」

「妳知道的……這條項鍊非取不可的原因。」

秦箏的家族是有名的古董商人，她也繼承了家族的命運，大半輩子一直與古瓷古玉打交道，手中也碰過不少國寶級的珍品。她鑑賞古物的眼力已是同行中的佼佼者，只要給她看上一眼，她就可以說出那東西屬於甚麼朝代。

不到一會兒工夫，秦箏已將項鍊上的艷紅彩鑽取了下來。

秦箏問道：「這顆鑽石，你打算怎麼處置？」

亞善道：「本來想扔入垃圾桶，但答應了阿紅要還給人家。妳有空的話，不如幫我將鑽石放入信封，然後向馬家寄掛號信。」

秦箏忍俊不禁，道：「這麼值錢的寶鑽，你竟然可以不屑一顧？」

亞善側過了臉，將那條沒有鑽石的項鍊放在燈下端視。

「馬公子只是個珠寶商，他對古物根本是一竅不通！他眞是混蛋，竟不懂愛惜自己國家的文物，胡亂切割……鑽石再稀奇珍貴，也只不過是奢侈品，可是這條項鍊不同，它的意義甚至超過無價的範疇……」

項鍊的墜子是由一塊月形的金飾品製成，前面鏤著鳳紋，後面卻刻著一堆宛若鳥蟲的圖文。秦箏在這時伸出雙手，捧出一個有缺口的金漆圓盤，放在檯面上翻轉，只見圓盤底下也有鳳紋鏤刻，竟與項鍊上的雕繪如出一轍。

那圓盤的其中一邊缺了一小塊，那小塊恰好也是月形。

就像放入拼圖一樣，月形飾物和圓盤緊密結合，互補所缺，合成完整的圖案，由此可知月形飾物本是這圓盤的一部分，卻不知怎地被人切割下來，製成了項鍊。

亞善和秦箏目不轉睛地看著圓盤，眸子裡同時閃過異樣的神彩。

這只圓盤藏著來自二千年前的祕密！

35

阿紅和張嫯是音樂學院演奏系的學生。

作曲系的學長要發表作品，需要找人排演，演奏系的同學便有了兼職的機會。阿紅和張嫯留下來幫忙，貪的也不是錢，純粹是樂於助人。

演奏暫停，稍休片刻。

阿紅東張西望，似乎有點心不在焉。

「眞奇怪哩……今天怎麼不見梁胖子？」

張嫯覺得好笑，便插嘴道：

「妳平時不是嫌他麻煩嗎？今日沒了他跟妳鬥嘴，妳難道感到渾身不自在嗎？」

「才不是哩！我只是覺得奇怪……每逢有錢賺的時候，他永遠不會缺席的。」

「或許他突然有事忙著吧。」

「那就更奇怪了……梁胖子說好要來，他就一定會來，很少會爽約的。」

梁胖子就是兩人的同學，精通鋼琴和大提琴。

入學以來，他處處關照阿紅，也處處與她針鋒相對，彼此算得上是志同道合，也談得上是知心的朋友。

梁胖子看起來庸庸碌碌，但他的音樂才華卻教人刮目相看，全班就只有他的成績與阿紅旗鼓相當。剛過去的聖誕節，全班結伴到音樂節玩，遇上合唱團的演出，觀眾們聽得如癡如醉，阿紅卻發覺有幾個音不準，輕輕「啐」了一聲，自覺失禮之際，卻聽見梁胖子直言不諱：「他媽的，大家都是聾的，連走音也聽不出，居然還這麼用力鼓掌。」阿紅那時就知道梁胖子的耳朵很靈，跟她一樣，擁有「絕對音感」的天賦。

阿紅也說不出個理由，但她就是對梁胖子的缺席特別在意。

門口邊有個男人，但他不是梁胖子。

張獒的目光往門口一瞥，然後湊近阿紅耳邊說話：

「喂，阿紅，看看那邊。」

「我知道。有個男人一直看著我嘛。」

阿紅還是回了頭，往門口邊瞧了一眼。

大門那邊站著一個陌生的男人。

阿紅是出了名的烈女，經常爲朋友強出頭，男生們對她的評語就是「少惹爲妙」。

不過，偏偏就是她這種別具魅力的性格，惹來了不少傾慕者，有男的也有女的，在外面聽她演奏、等她放學。梁胖子常常落井下石，對張獒說：「你再不加把勁的話，阿紅就會被人搶走啦！」

阿紅最怕這種蒼蠅般的目光，一仰身站了起來，就走向門口。那男人見阿紅走近，便上前半步，笑著伸出右手，而阿紅也毫不避嫌地和他握手。

那男人道：「冒昧而來，眞是抱歉。我叫賈釗，是警察局刑偵支隊的隊長。」隨即向阿紅遞上名片。

阿紅望了一眼，面不青心不驚，緩聲道：「你找我……是爲了大前晚在馬家發生的失竊案吧？」

賈釗道明來意：「我只是循例問話，請你們協助調查。其實最大的嫌疑犯是保全公司那邊的人，在失竊案發生後，那夥人突然集體失蹤，公司是假冒的，證件也是假的……我來找妳，主要是想問清楚妳當晚目睹的情形。」

阿紅當然不想警方抓到嚴四那夥人。雖然嚴四是個遵守行規的江湖老手，但人到絕境爲了自保，甚麼骨氣和面子也要抛諸腦外，也就不得不提防嚴四會供出眞相，將她牽連在內。

阿紅正想說甚麼也不知道，賈釗的手機卻在此時響了起來。

只聽賈釗諾諾應了兩聲，面色驟然一變，吶吶道：「甚麼？竟有這樣的事？好，我馬上回來。」說完，就蓋上了手機。

賈釗尷尬地咳了一下，對阿紅說：

「看來我不用向妳問話了。」

「爲甚麼？」

「我剛剛接到馬家的消息，鑽石大盜已將紅鑽石歸還……我做了這麼久，還是頭一次遇到這麼離奇的事。」

阿紅和張獒互望一眼，臉上同是驚詫，卻沒有半分做作，想的都是同樣的事情：「亞善到底在想甚麼？我們冒險犯難偷走鑽石，他兩日不到就還給物主，這樣做的意義何在？」

轟動全城的失竊案就這樣糊裡糊塗地結案了。

「呃……不過，我還有一件事拜託妳幫忙。」

賈釗卻沒有立刻離去，露出不好意思的表情。

「甚麼事？」

「我有個助手，他知道我來找妳，就託我要妳的簽名。妳去年在大會堂比賽，他當時跟著我在會場巡邏，一聽到妳演出的曲子，他就跟我打賭說妳會勝出……結果我輸了，欠了他一百元。」

阿紅笑了笑，說道：

「我那次僥倖勝出，想不到會害你輸錢。」

「別這麼說，我本人也非常欣賞妳的琴藝，只不過被人搶先說出口，當時才逼著賭妳輸……我的助手對妳喜歡得不得了，他是條硬錚錚的漢子，那天不知怎地，聽了妳彈的曲子，他就感動得哭了……現在我也確信妳是一顆明日之星！」

「你真的要我的簽名？不過，我可沒有出過任何唱片……」

「不打緊，我這裡有一本五線譜，就請妳在上面簽名吧。筆在這裡……請妳寫他的暱稱吧……他叫小賴。」

這個名字平平無奇，傳入阿紅耳裡卻有意想不到的震撼力。

不會吧？阿紅腦中浮現出弟弟的臉龐，但很快又覺得自己的想法可笑：「我弟弟今年還未成年，他又如何考入警察局？姓賴的人千千萬萬，這些人都會叫小賴，一切只是湊巧，我不該太過多心。」

賈釗拿到了簽名，心滿意足，道謝一句，告別一句，便轉身離去。

他的前腳剛踏出門檻，就有兩個女同學走入演奏室。

「阿紅，梁胖子……我們找到梁胖子了……」

阿紅瞧見她倆驚惶的神色，暗暗覺得不妙，立即問道：

「那死胖子在哪兒？」

那兩個女同學面有難色，忽然號啕大哭起來。

從她倆的口中，有句含糊不清的話溜了出來：

「他……他死了。」

36

藝術家大都是狂人，腦子異於常人，一生深受躁鬱症所困，甚至有自殺或自毀的傾向。

梁胖子不算是藝術家，但他已經自尋短見。

阿紅乍聞噩耗，還以爲梁胖子已經死掉，流下了不少眼淚。待她趕到醫院，始知梁胖子還有得救，不過全身骨折嚴重，差點就是兩隻腳踏入了鬼門關。內地規矩是先付錢後手術，梁胖子的父母遠在他省，張獒便替梁胖子墊款，然後與其他同學在急診室外靜候消息。

梁胖子從五樓跳下來，幸好有草叢托住，因此大難不死。

每逢有人跳樓，必定有人圍觀，兩個女同學偶然經過，發現梁胖子倒在血泊之中，一時頭昏腦脹，便將他當作了死人。

「前兩天見他還是笑呵呵的，他又有懼高症……好端端的，幹麼要自殺？」

這不僅是阿紅的疑問，也是其他人的疑問。

動完手術，梁胖子已無大礙，轉到普通病房，繃帶由頭包到腳底。照醫生說，他的傷勢相當嚴重，行動不便，至少要休學幾個月。

梁胖子一直在昏睡，總算是度過了危險期，一干同學再留下來也是無補於事，一個人說要離去，其他人便跟在後頭，滿懷傷感地離開醫院。

一路上，阿紅無法釋懷，仍在想著梁胖子的事。

她所認識的梁胖子是個樂天派，胸有大志，充滿夢想。記得他說過：「貝多芬是音樂界的狂人，我就要成爲音樂界的琴魔。」雖然他肥頭大耳，卻有個很漂亮的女友，交往達七年之久，而且還是父母指腹爲婚的親家，出雙入對，簡直羨煞旁人。

梁胖子很想在畢業後立即結婚，這件事眾人皆知，不久就有了「兼職大王」的綽號。音樂和愛情就是梁胖子最重視的東西，幾乎等於他生命中的一切。

阿紅對張櫱說出了她的想法：「一個有理想的人是不會輕易尋死的。這件事說不定別有內情……梁胖子到底受了甚麼刺激呢？」

解鈴還須繫鈴人，要是梁胖子不說，別人再努力瞎猜也是毫無作用。也只好等梁胖子醒來，她才可以問個明白，到時才知道能不能幫得上忙。

第二天，阿紅和張櫱再去探病，買了梁胖子最愛吃的青蘋果。

阿紅強裝出笑容，也想好了打開話匣子的話題。

上了樓梯，當她來到病房外面，忽然停住了腳步，輕輕甩了甩手。張櫱見了，便知她這手勢是叫他不要進去。

原來有個年輕男子站在梁胖子的床邊。

那男子身穿兜帽風衣，樣子普通，戴著耳環，大概也是那種愛在街頭流連的小混混。

阿紅並不認識那人，也從不知梁胖子有這個朋友。

隔著一段距離觀望，只見那男子的形跡非常可疑，高舉著手機，而梁胖子動也不動地躺在病床上，這樣的傷者卻成了鏡頭的拍攝對象，那男子顯然是居心不良，好像把傷者當成被解剖的青蛙一樣。

阿紅看得清清楚楚，一個陰惻惻的笑容出現在他的臉上。那笑容，就像縱火犯看著起火的建築物。

這時有護士叫阿紅借過，走入病房巡視。那男子發現有人來了，眼明手快，迅速收起了手機，然後雙手插進口袋，朝著出口這邊走近。

阿紅沒有輕舉妄動，也沒有攔住那人。但就在對方與自己擦身而過的一刻，阿紅倏地回身，拍了那人的肩頭一下。

那人怔怔地望著阿紅，阿紅就說：「先生，你的鞋帶。」往下一望，鞋帶果然鬆脫了，但他也沒有蹲下來，隨口說了聲「謝謝」，就頭也不回地走了。

待那人走遠，張奬便靠過來，向阿紅道：「那傢伙有點古怪。他偷拍全身裹著綳帶的梁胖子，眞想不通他的目的何在……」

阿紅答道：「我也想不通，所以就向他借了一件東西。」

她右掌一翻，手上已多了一支手機。

連行內老手也栽倒在阿紅的偷術上，一個未見過世面的小子又豈可倖免？幾乎不費吹灰之力，阿紅略施小技，就偷走了那少男的手機。

但阿紅不敢太過張揚，便向張獒說：「你先入房，好好守住梁胖子。如果沒有任何發現，我就會到醫院的失物處走一趟。」和張獒說好後，就往走廊的盡頭走，一個人躲在女廁裡，看看那手機裡藏著甚麼乾坤。

那男人倒也有點闊氣，手機的款式很新，高彩螢幕，兼具強勁的拍攝功能。

阿紅解開螢幕鎖，就看到一張外國妞兒的裸照。

「竟用色情照片作手機底圖，眞是衣冠禽獸……」

阿紅繼續操作，打開儲存短片的資料夾。

「短片的數目不少哩……這……怎會這樣？」

阿紅再看下去，她的面情倏地僵住了。

其中一則短片的主角就是梁胖子，竟錄下了他整個跳樓的過程！

37

短片中的主角就是梁胖子。

偷拍者似乎也是個跟蹤者，一直在隱蔽的角落窺探著梁胖子，一會兒躲在鐵門後面，一會兒躲在樓梯下面，靜靜等待梁胖子將自殺的念頭付諸實行。

當鏡頭中的梁胖子失魂落魄地走上了頂樓，那偷拍者預料有事發生，便快步走到下層，選擇最好的窗口，將鏡頭斜斜地對準上方。

這人的動機再明顯不過——

就是要捕捉梁胖子墜樓的一刻。

整整半分鐘，畫片就像靜止了的風景，除了因爲手顫而出現的晃動，就只有一抹顏色詭譎的雲朵在空中飄盪。

本來只有涼風颳向樹葉的雜聲。

突然就有了梁胖子的狂呼聲。

那種聲音，就像野獸鼓足勇氣撲向強敵的咆哮。

鏡頭中，梁胖子就像跳遠選手般抬腿起跳，在屋頂的邊緣一蹬腳，不到半秒，就變成一團沉甸甸的黑影，以極快的速度墜向地面。

鏡頭就如一雙禿鷹的眼睛，從上而下窮追不捨，緊盯著倒在血泊中的梁胖子，再鍥而不捨地用近鏡做個大特寫，甚至連路人們的尖叫聲也被錄進影片之中。

影片的結尾竟是一陣戲謔的笑聲：

「哈！原來人眞的可以被逼死，眞好玩！」

阿紅看到這裡，一顆心頓時寒了半截——

竟然有人可以冷血到如此地步，這個偷拍者不僅見死不救，而且沒有半點惻隱之心，將別人尋死的過程視爲自己的娛樂。

阿紅再看下去，其他短片的內容都和梁胖子有關。

像木乃伊一樣躺在床上的梁胖子、在超級市場惹上麻煩的梁胖子、和女友吵得面紅耳赤的梁胖子、形單影隻在河邊拋石子的梁胖子……如果要爲這些短片定個標題，用上「霉運當頭的梁胖子」就肯定沒錯。

那偷拍者的動機何在？

他裝神弄鬼，死纏著梁胖子，不害死人死不休。

手機是藏著最多個人祕密的地方，這句話果然沒錯。要不是阿紅偷走那傢伙的手機，恐怕至今仍未揭發在梁胖子背後進行的陰謀。

阿紅靈機一動，便開始翻查簡訊記錄，盡力找尋線索。

愈看，愈心寒。

那些短訊就是一連串害人計畫的記錄簿：

【任務完成。他眞是個呆子，我隨手將一件東西放入他的背包，他一經過門口，感應器就響了起來，店長一過來搜身，他那無辜的表情眞是笑死人！】

【任務完成。他的電腦不設防，我把X級的色情電影拷貝進去，只要我打個電話向舍監打小報告，看他以後還有甚麼臉活下去！】

【任務完成。那胖子看到他的女人上了你的車，要形容他的表情，該用「痛不欲生」這個成語吧？老大你横刀奪愛眞有一套，他買不起給她的東西，你一刷卡就買給她了，難怪她這麼快就變成你的女人。】

【任務完成。他有服用維他命的習慣，我把藥罐裡的藥統統換了，是帶有自殺副作用的抗抑鬱症藥……這藥在美國禁用，我很難才弄到手呢！】

【有好消息！他剛剛在公告板上看了成績，知道自己的英語成績不達標準，申請到維也納作交流生的夢想破滅，即時面如死灰……這樣就玩完了，我把他跳樓的過程錄了下來，你好好欣賞吧！】

……

送出簡訊，就像送出一份份的報告書。

阿紅更發現，那些短訊大都是發給同一個人。

那偷拍者只是幫凶，只是爲錢做事，在他背後有個更邪惡的主謀。

從通信名單可見，那主謀的代號叫「ＮＡＮ」。

在收件匣裡，就有幾封「ＮＡＮ」的回覆：

【$已匯到你的户口。】

【你的短片眞精彩！努力幹下去！我的心情現在很愉快。】

【如果眞的弄死了他，你會有特別獎金。】

——只有惡魔才說得出這種話！

這個人的行爲極度卑鄙、令人髮指！

梁胖子不知在哪裡開罪了這個人，他就要梁胖子十倍奉還。錢就是他的力量，他用錢唆使一個又變態又有偷拍癖的少年，初時只是無聊的惡作劇，到後來變本加厲，根本就是以整死梁胖子爲最終目的！

音樂和愛情是梁胖子最重視的東西。

沒有了這兩樣東西，對梁胖子來說就是失去了一切。

那人很聰明，懂得擊潰梁胖子的心靈支柱，逐步將他逼上絕路！

阿紅看完整段影片，心中立時冒起熊熊的怒火。

她要揪出主謀，替梁胖子報復！

38

傍晚，梁胖子終於睜眼。

映入眼簾的人是阿紅和張獒。

梁胖子全身裹住繃帶，想動也動不了，只能倚著床說話：

「看到我這個樣子，你們以後是不是不想吃粽子呢？」

梁胖子就是梁胖子，甚麼時候也有心情開玩笑。

阿紅和張獒雖然看過那些短片和簡訊，但兩人商量過後，決定一起當作毫不知情，要在梁胖子痊癒前隱瞞一切。

「胖子，謝天謝地，如果你眞的有甚麼不測，我可是會爲你傷心流淚的……」

阿紅眼圈泛紅，關切之情表露無遺。她平時對他的稱呼是「死胖子」，這時爲了避諱，也不得不改爲「胖子」了。

梁胖子見了她這副樣子，雖然覺得不好意思，也感到一種發自內心的暖意。

低首間，他看到了自己骨折的右手，身上的疼痛彷彿傳到心裡去，忍不住嘆著氣說：

「我右手殘廢了，以後恐怕不能再拉琴了。」

「別胡思亂想，我問過醫生，他說你好了之後，活動能力一定依然如舊。」

「就算讓我繼續拉琴又如何？我仍只不過是個手無縛雞之力的音樂家，只是個在有錢人前做表演的音樂家。我家並不怎麼富有，但父母還是供我學琴，讓我選擇自己的興趣……不過，就算要我到地下隧道拉二胡，也得好好賺錢讓他們享福。」

梁胖子經歷了死亡，人便頓時開竅，言談中難抑傷心之情，但似乎已對自己所做的傻事感到極度的後悔和懊惱。

張嫳取出一個保溫壺，拿開瓶塞，壺裡便溢出熱騰騰的粥香。

張嫳笑道：「這幾日我把阿紅借給你吧！她會專人服侍，餵你吃粥。」

梁胖子驚嘆道：「妳竟然會煮粥？眞是賢良淑德，令我今日大開眼界……」

阿紅慚愧道：「只有保溫壺是我買的，粥是張嫳爲你煮的……」

說罷，梁胖子大笑，阿紅和張嫳的眼角也湧現笑意。

梁胖子被餵著吃了幾口粥，近距離凝望阿紅，忽道：

「妳怎麼不問問我爲甚麼跳樓？」

「就算你不說，我也大概知道。」

「妳知道？」

阿紅點了點頭，笑著說下去：

「一定是你胖得像顆蛋，被風一吹就倒了下去。但你原來是個不倒翁，福大命大，在哪裡跌倒，就要在哪裡站起來。」

此話果然奏效，博得梁胖子一笑。

那一笑很快就變成了苦笑，梁胖子語氣惋嘆地說：

「那陣子我一直在聽『憂鬱的星期天』這首歌，再加上人生失意，不知怎地，就做出那樣的傻事……他媽的，這首歌眞邪門。」

「憂鬱的星期天」是首充滿了絕望情緒的歌曲，是匈牙利人口中的自殺歌，被喻爲「魔鬼的邀請信」，一度遭電台禁播，數以百計的人在聽到它後結束了自己的生命，這亦成了歐洲音樂史上的奇案。

阿紅對這首歌略有所聞，也是因爲梁胖子的介紹，當時他還故意嚇一嚇阿紅：「這首歌我錄了在隨身聽裡，妳敢不敢聽？」阿紅不信神佛，當然以爲他在胡扯，戴上耳機聽了一回，只覺是首調子普通的曲子。

萬萬沒料到弄假成眞，這個詛咒竟在梁胖子的身上應驗。

這首歌眞是不吉利啊。

但阿紅知道，這一連串不吉利的事都是人爲的。

梁胖子若有所思，緩緩地說下去：

「這首『自殺歌』的作曲家跟女友分手後，感到極度悲痛，發呆了兩星期，然後就在鋼琴前作出這首害人不淺的歌。我也是在兩星期前……我的女友捨我而去了。」

阿紅知道這背後的內情，靜思了一會，突然發問：

「胖子，你難道不想討回公道嗎？」

說到這裡，胖子不禁連連搖頭。

須臾間，胖子又嘟噥了一句：

「搶走我女朋友的傢伙……是個萬萬惹不得的人物。」

39

他一張開眼，就發現自己蜷縮在黑暗之中。

困在一個漆黑的環境裡，已經可以令人感到恐懼，若是困在一個連自己也不知是哪裡的地方，那種恐懼就眞的足以令人窒息。

就像躺在棺材裡一樣的感覺。

他知道自己不是甚麼好人，做了不少壞事。

從青春期開始，他就有偷拍的癖好，喜歡偷拍少女的裙底春光。

「到底發生了甚麼事？我爲甚麼會在這裡？是誰幹的？」

但他實在想不到自己得罪了甚麼人。

醒來之前所發生的事，他也同樣想不起來。

他只記得，他儲存偷拍短片的手機不見了，大爲緊張之下，便沿著回頭路，往醫院再走一趟，然後就不知怎地被人偷襲，猶如被扎了麻醉針般昏迷至今。

他在驚嚇之中回過神來，敲了敲四周，憑著微妙的觸覺，便大概猜到被困在甚麼樣的地方——

這裡是後車箱。

他雙腳被綑綁，只有雙手可以活動。

突然，在黑暗中，出現了炫目的光芒。

那光芒的來源竟是一支手機。

他立刻拿起了手機，螢幕顯示出來的號碼，正好來自他那不見了的手機。

他膽戰心驚，按下「接聽鍵」。

「你們是誰？」

對方似乎無意回答他的提問，反而以冷峻的語氣斥責道：

「你有爲你做過的事懺悔嗎？在醫院裡躺著的那個人，他到底與你有甚麼深仇大恨，你爲甚麼要像隻惡鬼般纏住他不放？」

不難想像他正在擺出搖尾乞憐的樣子，顫聲回答：

「有人給我錢……我就爲他做事，至於內情，我是甚麼也不知道！整件事……我只是小角色，就請你們饒過我吧……」

「好，那我來問問你，是誰主使你這麼做的？」

他自認是個無恥小人，一心保命爲上，沒有多想，就供出既知的一切：「叫我去偷拍短片的人，我……我也不知他的全名，在他面前我就叫他南公子……」

「原來如此，我要問你的事情就這麼多，再見。」

對方毫無先兆就斷線了。

正當他感到又愕然又無助之際，後車廂的鎖卻在此時應聲而開。

他用力向上一托，身子仰了一仰，同時推開了後車箱蓋，還未看清楚天上的星星，又突然出現眼冒金星的昏厥感。

然後他又再次全身軟倒，完全不知道發生了甚麼事。

剛剛——

阿紅藉著後車廂蓋作遮掩，一個「鷂子翻身」，就從車頂上跳了下來。她的身手很敏捷，但她的出手更加快速。

在那少男的頸上，出現了一個小小的血洞。

阿紅收起了她的「刀」。

阿紅表面上只是繼承了亞善的偷術，但張獒和兩人的關係不淺，所以知道阿紅其實也繼承了亞善的刀法。亞善的刀法源自古術，江湖人道聽塗說，就稱它爲「魔刀」——蘊藏著傷人以外的神祕力量，一是不出刀，一出刀就要快得不見蹤影，萬萬不可讓敵人看破他刀法上的祕密。

張獒走下了車，把後車廂鎖好，又替阿紅開門。

「果然是姓南的……梁胖子說這個人不能惹，就因爲他爸爸是南海富吧？」

在中國，貪污嚴重已是不爭的事實，爲了籠絡權貴、疏通門路，求見者送上的賄款和厚禮多得不能盡錄。全國百分之七十的財富掌握在百分之〇點四的人手中，而這百分之〇點四的人就是貪官和貪官的情婦。

這南海富也是個貪官，而且更是「全國十大貪官榜」之一的貪官。
這種有權有財有勢的人物，基本上是人見人怕。
但阿紅偏偏就要去惹他，要找他的兒子晦氣。
在阿紅的眼中，根本就沒有惹不得的傢伙。

由於南海富是響噹噹的名人，阿紅毫不費勁就查出他的住址。
張嫯負責駕車。
不消半個鐘頭，他們就來到了南府。
阿紅的瞳孔映著月色，她對此行充滿了決心，一來是要查出那南公子為何要害人，二來就是為了替梁胖子出氣報復。
貪官的屋子果然很大，單是窗戶已有幾十扇，處處透著昏黃色的燈光，照亮了屋外的草坪，最奇怪的是門口竟擺著一具大佛。
張嫯開始警惕起來，留心屋裡的情形。
「阿紅，妳打算怎麼對付那混蛋？」
阿紅從後座取出一包東西，對著張嫯說：
「這是牛頭，這是馬臉，我們一人戴上一個，躲在南公子睡房的衣櫃裡……待他一回來，我們就要嚇嚇他！」

一個平日見慣了的衣櫃，如果突然跳出意料之外的怪物，只怕膽子再大的人也會被嚇死。

但張獒熟知阿紅的為人，知道這樣的報復只是前奏，便問：

「只是嚇嚇他就夠了？」

「當然不只如此……他喜歡搶走人家的女友，我就要他以後無法亂搞男女關係，受一受慘無人道的折磨……」

張獒輕輕呼出一聲，彷彿已了解了她的計畫。

「原來……原來亞善教妳的刀術當中，眞的還有這麼狠毒的祕招……如果有誰做了妳的老公，他一定不敢背著妳亂來呢……」

大宅的四周圍了鐵欄，欄柵上有防人攀越的倒鉤。

阿紅背著欄直跳，雙手抓住倒鉤，然後像單槓體操選手般做大迴環旋轉，再藉橫枝作中途踏點，頃刻之間，已落在圍欄裡面。張獒的身手也不差，依樣葫蘆照做，一眨眼就越過了圍欄，潛入了南海富的府第。

40

貪官南海富的家很大，大得令人迷路。

車庫裡排滿了閃閃發光的高級轎車，有些更是動輒百萬以上的款式。

阿紅以極快的速度脫衣，外衣和長褲一去掉，便露出苗條的身段，全身套在黑色的緊身衣之中，彷彿黑得和夜晚融爲一體。張嫯也變裝，換上夜行裝束，然後將脫下的衣物藏在其中一輛轎車的車底。

兩人潛入南海富的宅第之前，其實早已細心查探地形，爲了避人耳目，第一個部署就是躲藏在車庫之內。

阿紅豎起了耳朵。

只要她集中精神一聽，就可以分辨出最細微的聲音，任何風吹草動、喁喁細語、整體大局、何處有人、哪裡藏險……對她來說都是瞭如指掌。

阿紅和張嫯搭檔至今，事無大小已有默契，張嫯眼見阿紅有所行動，便緊隨其後，跟她一同攀上車庫的頂部，動作俐落至極，無愧於專業盜賊之名。

目標是南海富兒子的房間。

車庫的隔壁就是主樓，也就是一幢四層的複式大屋。

每層都有陽台，垂直成一排。

在專業盜賊的眼中，那就是最佳的潛入路線。

阿紅沿著陽台而上，鉤牆縱躍，一口氣攀到頂層。

她在陽台的右邊，張獒就在陽台的左邊，一左一右向上進發，打算在屋頂會合，然後居高臨下，把繩索放到指定窗口，到時再破窗而入自然是易如反掌。

當阿紅和張獒來到頂層的陽台，想不到變故陡生，玻璃窗裡的房間倏地發亮，似乎是有人進來。幸好兩人應變極快，一手抓住圍欄的把手，一腳踏住露台的邊陲，背脊緊貼著外牆，使半個身子懸浮在半空。

阿紅心想：「千盼望，萬盼望，裡面的人千萬不要出來陽台！天氣這麼冷，會出來吹風的都是怪人，到時我也只好認命了。」

張獒想的卻是另一回事，在方才開燈的一瞬間，他看到裡頭是會客廳似的地方，怕就怕有人會留在廳中閒談一晚，那他和阿紅就要在外面飽受寒風砭骨之苦。

開燈之後，傳來細碎的腳步聲。

阿紅運起「聯官感應」，可以肯定進來的是四個人。

陽台是緊閉著的，但陽台左右各有兩扇窗，聲音便由窗口傳出來。

只聽一人率先開腔：「請隨便坐下。我這十年來皈依我佛，那邊的佛像都是我託人買回來的古董，這幅觀音圖是手繪的，出自一位泰國高僧之手……秦小姐是識貨之人，只怕要讓妳見笑了。」

張嫯雖未聽過南海富的聲音，但他見過南海富的照片，知道南海富光頭闊臉，長得就像個笑口佛，聲如其人並非必然，但也有一定的規律可循，透過那人說話的口吻，他已有九分把握可以斷定那人就是南海富。

廳中的人相繼坐下，然後傳出另一個男聲：

「南先生，晚上來打擾，眞不好意思，但我有事非要拜託你幫忙不可。」

張嫯自幼做賊，第一樣要練的就是膽色，無論身處任何險境，都要有臨危不亂、處變不驚的定力。

饒是如此，當他聽到那人的話聲，整個人也像觸電般震了一震。

阿紅同樣感到震驚和困惑，只不過比張嫯更早察覺，所以亦比他更快回過神來。

南海富的聲音又再度響起：

「說甚麼客氣話！我當官這麼多年，遇過不少黑白兩道的兄弟，盜王亞善之名如雷貫耳。人家都說亞善只派刀片不派名片，你親遞這張刀片求見，如此給我面子，這確是我南某的榮幸呢！」

大廳之中，亞善竟然在場。

阿紅愣在窗外，完全摸不著頭腦，難以理解亞善和南海富的關係，尋思道：「亞善怎會來這裡？這是怎麼一回事……居然連秦箏姊姊也來了！」

此時，南海富又恭謹地道：

「我來給大家介紹吧，這位是薩摩忍先生，他就是我的私人保鏢……我的保鏢就只有他這一位，我對他非常有信心。」

從窗口裡映出來的影子是個瘦削的人物。

看來這影子的主人，就是南海富口中所說的薩摩忍。

張褧一聽到這個名字，心中猛然一凜。

阿紅看出張褧好像認識薩摩忍，便用目光向他詢問，這種狀況當然無法好好說話，但張褧和阿紅皆懂手語，他倆做拍檔已久，對這套溝通方式自是駕輕就熟；加上阿紅身懷「聯感」的異能，有時就算看不見對方，憑著腦中的影像，也能讀出他的暗語。

張褧打了幾個手勢，阿紅看出是這個意思：

「那瘦削的男人，他是殺手，排行第四。」

原來中國人貪慕虛名，最愛搞甚麼排行榜。在殺手界亦有這種指標，名爲「十大殺手排行榜」，能上榜的殺手不僅很強，他的收費也一定很貴。南海富在「十大貪官排行榜」佔一席位，自然擔心會遭人勒索和暗殺，而對付殺手的最佳辦法，就是僱用殺手來保護自己。他也就參照了那個殺手排行榜來請人。

照張褧的說法，那個叫薩摩忍的男人，就是全國排行第四的殺手。

阿紅和張褧繼續偷聽，聽到南海富正欲說話，卻忽然被一陣電話鈴聲打斷。

在電話裡，南海富喃喃說了幾句話。

他一斷線，勃然變色，對亞善說：

「今晚眞熱鬧，又有客人來了……是警察呢，還是個高官。」

南海富臉上的驚色並非作僞，連他也不知警察因何上門，但心想大家同爲政府機構的公務員，一見面總會有好話說，不管三七二十一，便先把對方叫了上來。

南海富怕的人倒是亞善。

當晚亞善親自來訪，南海富心存幾分怯意，雖知亞善未必會加害於他，但始終有幾分顧忌。就在煩惱之際，恰巧有個警官叩門求見，南海富乘便向亞善告知，以爲他這做賊的聽到有警官到了，就會自行告辭。

怎料他的如意算盤敲不響，亞善聽了之後，屁股竟是動也沒動，毫不在乎地說：

「我不介意，就叫他們上來吧。」

南海富微微一怔，隨即又擺出笑臉，說道：

「唉，我已經說了不想見客，但他們是國家派來的人，我連說聲拒見的權利也沒有……亞善大哥你本領夠大，到時就勞煩你幫我打發他們吧！」

這番話說得油腔滑調，也不知究竟是眞心話還是佞言。

不一會兒，就聽到開門的聲音。

然後又有兩人進入廳中。

41

阿紅和張嫠躲在陽台外面偷聽，知道又有兩人走入客廳，加上廳中原來的四人，也就是說現在有六人齊聚一堂。

那兩人一進來，頓時成了注目的焦點。

前面的男人披著一件黑色長褸，表情嚴肅，笑不露齒，看起來就像個鐵面判官；在他身後的是個英挺的少年，外面天寒地凍，衣著卻是白背心和軍人褲，手中提著一件長條狀的物品，不過裹在黑色套子之中，瞧不出是甚麼東西。

一看前面那人帽子上的徽章，便知他是警察局的警官。

那警官在樓下報上名字，南海富一時三刻還想不起是誰，究竟對方因何而來，更可說是渾然不知，但一年裡特地來巴結他的人多如牛毛，他的做法也一律是來者不拒。

直至與那警官一照面，南海富才猛然想起他是誰。

那警官說話時的聲音低沉，時斷時續，如同用鉛筆在寫字一樣：

「您好！我是賈釗，警察局刑偵支隊的隊長。」

南海富滿臉堆笑，搓了搓手，道：

「沒想到是你！賈同志精明能幹，查案神速，我早有聽聞，人們都叫你『現代楚留香』，連美國的聯邦密探也對你讚不絕口呢！人民就是需要你這樣的英雄，來將所有壞人繩之以法。」

南海富望著賈釗身旁的少年，又說：

「你身邊這位同事一表人才，不知如何稱呼呢？」

那少年面露不屑之色，卻沒有開口。

賈釗就代他答話：

「他叫賴飛雲，他是我的私人助手。」

南海富未曾聽過這一號人物，禮貌上和那少年握了握手，之後自然不把他放在心上。

但外面的阿紅聽見了「賴飛雲」三個字，心中的驚訝簡直到了極點：「小賴！眞的是他！怎會這麼巧？他又爲甚麼會做了賈釗的助手？」

原來日前賈釗因鑽石失竊一案找過她，說到有個同事傾慕她的琴藝，那人的暱稱與她的弟弟相同，阿紅只當是偶然，無巧不成書，沒想到果然就是她的弟弟。

賴飛雲縱使沉默寡言，但他的目光卻炯炯逼人。

薩摩忍望著賴飛雲手中的長狀套子，沒來由地吐出一句話：

「請問這位賴兄弟是用甚麼武器的？」

原來南海富爲人極度謹愼，玄關正門暗藏最先進的槍械探測器，那門框就像海關檢查站的關口，暗地裡響起警報的訊號，以防有人帶槍闖入、持械作亂。剛才賈釗和賴飛雲穿門而入，卻沒有任何金屬反應，薩摩忍實難相信這兩人空手而來，有此一問，就是乘機探一探對方的底蘊。

賴飛雲好像不太想和人說話，只答了一個字：「劍。」

賈釗笑了笑，插話道：「別看他年紀輕輕，他已是我們警廳的武術教頭。」

南海富聽了，將信將疑，暗中取笑道：「這小子在說傻話嗎？紅星手槍都過時了，還用劍？人家一開槍，他不被射成蜂窩才是奇事……」但南海富並沒有掉以輕心，腦中盤算數轉，一待賈釗坐下，便道：「賈同志，你來得這麼突然，不知有何貴幹？」

賈釗也看到亞善和秦箏，只當他倆是南海富的朋友，目光快快掠過之後，再度牢牢地盯在南海富的身上。

賈釗的腋下一直夾住公文袋，這時就將它放上南海富面前的茶几。

南海富二話不說就打開看看，面色微微一變，訝然道：「國家極級機密？咱入黨這麼多年，只聽說過甲級機密，都是些軍事情報和航空技術，那已經相當嚴重了……怎知原來還有這個凌駕於上的級別。這是甚麼來的？」

賈釗說話不愛繞圈子，立時道明來意：

「我這次冒昧來訪，就是想向你討回一件東西。」

「呃？這可奇了，賈同志，我與你不相往來，我到底欠你甚麼東西？」

「你欠的不是我，你欠的是國家。我是代國家出面的。」

南海富自覺受到委屈，突然站起來，怫然道：

「賈同志，我愛國愛黨，一生鞠躬盡瘁。我可以向天發誓，我從沒虧空公款，也沒有從市民身上榨取過一文錢，賭博贏了還會捐錢給希望工程。你且說說看，我到底拿了國家甚麼東西？」

其他人聽了如此虛僞的大話，幾乎就要嘔吐大作。

只見賈釗瞪住南海富，重重吐出四個字：

「佛指舍利！」

此話一出，眾人皆爲之駭然。

42

一抹陰霾在南海富的臉上乍現，但他很快又以一個狡黠的笑容掩飾過去。

在場之中，就以賴飛雲和薩摩忍最爲困惑，晃頭晃腦看著賈釗，似乎連舍利是甚麼也不曉得。

更想不通的是——

這個東西怎會是國家極級機密？

眾人還在愣怔之際，就只有秦箏開口發問：

「佛指舍利？你說的是法門寺的舍利？」

此事只和南海富一人相關，秦箏這局外人本來無權過問，但由於職業病使然，她天生對稀世奇寶有極盛的好奇心。

賈釗頗覺意外，反問道：

「咦，我好像沒透露太多，妳怎會想到法門寺？」

秦箏想了一想，如實相告：

「我猜的。以我所知，中國有幾處地方收藏舍利，對於它們的眞假，在學術界一直眾說紛紜，但一提到佛指舍利，首先就一定會想到陝西的法門寺。在當今世上，它也是唯一有文獻記載和碑文證實的舍利。」

這番話說得井井有條，賈釗見秦箏學問淵博，不由得對她刮目相看。

賈釗又問：「姑娘，以妳理解，舍利是甚麼東西？」

秦箏答道：「舍利是梵文，又稱爲靈骨，指佛陀或得道高僧圓寂後，經火化而遺留下來的身骨。」

南海富焦躁難耐，忽然插話：「那只不過是一塊骨頭罷了！」

原來除秦箏和賈釗以外，其他人的想法也和他大同小異，不解這樣的東西有何價值，而賈釗爲了這件事上門逮捕南海富，感覺上就是有點小題大作。

秦箏不以爲然，向南海富道：「法門寺的舍利，並不是一般的舍利。你信奉佛教，應該知道那是誰的舍利……」

南海富在鼻子裡哼了一聲，辭典中有「佛口蛇心」這個成語，就是專門用來形容他這種人——表面拜觀音，心裡愛財神，家中的佛像和法器都是擺設品，他的虔誠向佛都是做給別人看的。

法門寺的舍利是誰的舍利？賈釗有心藉秦箏之口來引入正題，便保持緘默，靜待她繼續說下去。

秦箏若有所思，看了賈釗一眼，才放聲道：

「法門寺的舍利——就是佛祖釋迦牟尼的眞身舍利！這件東西已不是國寶級文物那般簡單，佛指舍利堪稱是佛教裡至高無上的聖物！」

根據佛教經典記載，八十歲的釋迦牟尼圓寂，當火化儀式結束後，弟子們在灰燼中發現未燒化的指骨、牙齒、頭蓋骨和頭髮，表面有宛如珍珠粒的結晶體，如星斗，如圓點，晶瑩發光，令人嘖嘖稱奇。古天竺國〔註〕阿育王爲弘揚佛法，便將佛祖的眞身舍利分成若干份，分送世界各國建塔供奉，其中就有一部分傳到了中國。

到了唐末，全國展開滅佛運動，自此佛指眞骨便下落不明，儘管千百年來在民間流傳，仍被當成只在文獻中出現的聖物。一直到一九八一年，法門寺塔倒塌，有關當局派人修建，竟發現了塔基下面的地宮，才在裡面找到傳說中的舍利子，爲典籍上的記載作出鐵證。

不久，法門寺就成了國家的旅遊重點，不少善男信女慕名朝聖，對著殿堂中展示的舍利頂禮膜拜……

秦箏就像個說書人，向大家簡述了佛指舍利的發現經過。

南海富道：「賈同志，佛指不是好端端地放在法門寺嗎？我可沒聽說過它被偷的事，你要向我問話，我看你是摸錯門吧！」

賈釗的目光亮了一亮，佯作驚訝，質問道：「咦，照理說，一般人聽到佛指失竊，該會以爲是這一、兩天內的事吧？南廳長，聽你的語氣，你好像知道佛指在很久以前已經被盜……」

賈釗在言語上不饒人，就是想逼南海富露餡。

但南海富是何等老奸巨滑？他雙眼一瞇，又想出應對的話：「賈同志，原來佛指在很久以前已經不見了嗎？要是你不說，我還眞的不知呢。」

秦箏不禁問道：

「那佛指是在甚麼時候被盜的？」

賈釗說出一個驚人的答案：

「二十年前。」

「二十年前？這些年來，我們在法門寺看到的……」

「那是影骨。」

儘管是秦箏這麼聰明的女人，也無法明白當中的玄機，其他人更是愈聽愈糊塗。

賈釗當著眾人的面，說道：「因爲佛指有四枚，一正三影，如果你們去過法門寺，就會知道法門寺殿堂只展出三枚影骨，由於正骨太過珍貴，所以不會公開展出，一直宣稱藏在寶塔之中。」

賴飛雲只是賈釗的近身侍從，原來對案情內容一無所知，但年輕人事事好奇，又不想聽得一知半解，便問：「影骨是甚麼東西？」

賈釗道：「影骨就是仿眞骨而造的舍利。爲免眞骨遭到損毀，佛徒就仿造影骨來保護眞骨……假如有賊光顧寺院，他不明就裡，也只會取走影骨。」

薩摩忍一直不出聲，這時卻忽來一句：「哦，這就等於日本的影武者。」

賈釗道：「薩摩忍先生果然聰明，眞不愧是日本薩摩忍流派的傳人。」

註：「古天竺國」即現今的印度。

這話就像冷箭般射向薩摩忍，教他暗暗大吃一驚。

薩摩忍一直沒有自報姓名，而賈釗竟能道出他的身分，居然連他的來歷也一清二楚，可見這個刑警並不是尋常的角色。

賈釗望著桌面上的機密檔案。

他回到正題，接下來的話更教人吃驚：

「有關佛指舍利被盜一事，其實我也身涉其中……那年我還只是個大學生，一個人到陝西旅行，就在旅程途中，我遇到一個奇怪的老叔……」

賈釗的思緒飄回二十年前。

他與那個怪老叔相遇之後的事情……

43

卻說賈釗當年到西安旅遊，一個形跡可疑的老叔坐在他的鄰座。

法門寺盜竊疑雲、飛簷走壁的老叔、在大車裡被人挾持、到火車站廣場上突生意外……賈釗把當年驚心動魄的經歷，照實一一說了出來。不由旁人不信，竟有盜匪喪心病狂到那地步，闖入佛教聖地偷走國寶……要是人贓俱獲，一定就是被槍斃的罪狀。

故事就在老叔遇到可怕的人那裡停住。

賈釗喫了一口已冷掉的茶，延續未完的部分，又再說下去：

「那老叔說那邊有個可怕的人來了，我只不過呆了幾秒，他就已經一溜煙似地跑掉。三十六計，走爲上策，他既然走了，我便無法打探到他的姓名……」

「就在我迷惘而無奈的時候，有兩個人迎面衝來，匆匆與我擦身而過。直覺這東西很難解釋，不知怎地，那一刻我幾乎可以斷定那兩人是危險人物！」

「那兩人一老一少，看來是對爺孫。老人家白髮銀鬚，至少有六十歲，但矯健非常，手裡拖著掃帚，健步如飛，要我作個比喻，我會說他是個『奔逸絕塵的清道夫』；他後面的少年乍看之下只有十五、六歲，一張稚臉，就和一般的中學生無異。他的面部特徵很明顯，在額頭正中有顆痣，在相學上是叫『觀音痣』吧？他穿著白色運動服，明明年紀比我小，但他隨意盯了我一眼，我就莫名其妙地心寒起來。」

「我再回過神來，那對爺孫已經跳上三輪車，竟把車伕擠到一邊，由那少年來高速踩腳踏。那速度可不是開玩笑的，媲美得上奧運選手……接連追過了幾輛摩托車，一眨眼已去得老遠。」

「一切復歸平靜。我意識到事態的不尋常，便到派出所報案。那裡的人起初不當作一回事，愛理不理的，直到向上頭報告之後，態度有了一百八十度的轉變，他們立刻一洗頹風，認眞兮兮地向我反覆查問。我便知道事態比我所想的更嚴重。」

「再過不久，有位長官來了，他拿出一張圖片，圖片是一個玉盒，問我看到的是不是這件東西。雖然我只是摸了一次，但憑那個大小和形狀，已經可以證明我的設想沒錯，那老叔偷走的果然就是佛指舍利！」

聽到這裡，眞相已經昭然若揭，眾人固然是見慣世面，但心裡依然滿是疑問：「佛指舍利在佛教徒眼中是聖物，在其他人眼中也許是一文不值。那老叔偷走這樣的東西，目的到底何在？」

有人瞅了南海富一眼，又冒起了疑問：「就是不知這事如何和他扯上關係……」

「從派出所出來之後，我隨便解決一餐，沒心情閒逛，便回去旅館休息。沒想到我躺下不到半分鐘，就有人在外面敲門，我正想用防盜眼看看是誰，外面那人居然不用鑰匙就開了門，一個照面，沒想到不請自來的人就是那盜寶賊……老叔。」

出乎眾人意料之外，賈釗的故事原來尚有下文。

又聽賈釗繪聲繪影地敘述舊事：

「老叔找上我的旅館，他上氣不接下氣，一進來就向我借繃帶。我正奇怪他怎會知道我的住處，他已經開口解釋：『今日遊第一個景點的時候，我曾悄悄借走你的錢包看看，見到有收據，就知你在這旅館訂了房。別介意，我們幹這一行的，總是特別小心眼兒，小心駛得萬年船啊。』要是老叔不說，我眞的絲毫沒有察覺，感到憤怒之餘，也著實佩服他的偷藝了得……」

對著這種偷人東西還理直氣壯的賊子，賈釗當時的面色一定難看至極。

「我看老叔的傷勢頗重，正猶豫要不要找警察，卻見老叔單手撕裂床單，就在我面前開始包紮。老叔就說他身上有幾處地方骨折，搞不好會客死異鄉，又將一條鑰匙拋在桌上，對我說：『我將那玉盒存在火車站的儲物櫃，鑰匙就在這裡，拜託你做件好事，替我將玉盒還給法門寺』。」

「那老叔又說：『那玉盒眞不吉利，都不知裡面放了甚麼東西。』我怔了一怔，忍不住就問：『你不知道裡面的東西？』老叔回答說：『不知道啊！我還沒有時間打開看過。我要不是撞邪，連碰也不會去碰它呢！』我便問：『你是眞不知還是假不知？不知裡面是甚麼，你還去偷？』」

「老叔微微搖頭，大聲嘆氣：『說出來，別人一定不信。』但老叔不吐不快，接著又說下去：『因爲，那東西在對我微笑。』」

「聽了這麼荒誕不經的解釋，我登時愣住了……」

44

一個微笑？

佛指舍利會對人微笑？

這樣的事聳人聽聞，匪夷所思的程度直逼火星撞地球。

賈釗當時呆呆望著老叔，半晌作聲不得。

老叔見他疑神疑鬼的樣子，脾氣就來了，說道：「這很稀奇嗎？小伙子，別怪我說你見識淺薄，但這世上確實有許多神祕離奇的事，絕非科學的理論所能解釋。也不怪你，你這年代的學生吃的都是洋鬼子知識，腦子毫無想像力，只會說『不合邏輯』、『沒有根據』……又怎會曉得我說的事呢？」

荒謬荒謬！

全是歪理！

賈釗心中的疑惑又深了幾分，有意了解事情的全貌，便打消逃跑的念頭，留下來和那老叔談話。

「你是說，一件死物會向你微笑？我該換個問法：你怎知道它在對你微笑呢？難道它上面長了眼耳口鼻不成？」

「我說的是實話。法門寺我去過兩趟，一接近那座塔，每當我一閉上眼，腦海中就浮現出一團模模糊糊的光暈，光暈中間恍若有個發著光的人，簡直不可思議。更奇妙的是，我雖然無法看得清楚，但我感到那人在對我微笑……」

「微笑？」

「對，就是微笑。」

賈釗對老叔的說法有所保留，心中認定他是在自圓其說，存心找些藉口搪塞罪過。

老叔卻為自己辯護道：

「小伙子，我可以對天發誓，如果我騙你，我明日就腸穿肚爛橫屍街頭。不然你想想看，法門寺偌大一間寺院，那玉盒又不是展示品，藏在那麼一個隱密處，我要是一間房一間房翻箱倒櫃地找，我有可能在短時間內找到它嗎？說來真邪門，我完全控制不了自己，就像是那東西引我去偷它一樣……」

要不是經他一提，賈釗還真的沒有想到這點，頓時無話可說。

老叔想起一件事，忽道：「小伙子，聽你的口吻，你好像知道那玉盒裡的東西吧？告訴我，可以嗎？大丈夫一言既出，說了要還就要還，就算被我知道那是無價寶，我也絕不會動上一點貪念。」

一看就知老叔是那種「純粹到此一遊」的旅客，佛指舍利的大字簡介明晃晃地印在展板上，他居然連看也懶得去看……

賈釗暗暗淌下冷汗，說道：「那是佛陀的舍利子……即是釋迦牟尼的遺骨。」

老叔得知眞相，全身陡地一震，整整半分鐘說不出話。

接著聽到他喃喃自語：「難怪……原來如此！」

突然間，老叔的身子從床上彈了起來，然後向著門外豎起耳朵，似在傾聽一種微乎其微的聲響。

老叔忽然惶恐至極，氣急敗壞，罵道：「狗養的爺孫，那小子是惡鬼，比恐龍還要恐怖十倍……老子有這個仇家，眞是倒了八輩子的楣！」

賈釗知道他說的是那對爺孫，心中有點奇怪，便問：「他們怎麼知道你在這裡？」

老叔瞪大眼道：「你是平常人，跟你說了你也不會明白……我們都是一些有古血統的人，有些你無法想像的特異功能……一言以蔽之，他們就是追蹤著我的『氣』而跟來了這裡。」

氣？

賈釗當時無法理解這個名詞。

直到許多年以後，他偶然拜讀日本大師鳥山明的漫畫，才終於明白「氣」爲何物。

「小伙子，記得幫我把儲物櫃裡的玉盒還給佛寺。如果我今日不幸歸西，這就是我的遺願，你不怕我也要怕我的鬼魂啊！」

老叔說走就走，臨走前拋下一句話，接著徑直跳出窗口，雙腳扣住水管滑下，到達地面後就箭也似地直跑，轉眼間已消失在街角的盡頭。

果然是專業做賊的……

賈釗在心中驚嘆著。

「那天我與他初次見面，但也是最後一次見面，他留給我的東西，就是那把到火車站開儲物櫃的鑰匙……」

自那天起，時光飛逝，差不多已是二十年。

老叔和舍利子，兩者俱不知所終……

賈釗不是長篇大論的人，說了這麼多話，現在就要進入正題。

眾人一起盯著南海富，似乎期待他有甚麼回應，可是這個老狐狸仍是皮笑肉不笑，要撬開他的金口也不是容易的事。

出乎大家的意料之外，薩摩忍竟是第一個問話：「你說過……那少年的額頭上有觀音痣，是不是？」這個人老是愛打岔，旁人早已習以爲常，但聽到他最關心的竟是那少年的事，心中的納罕也隨著他這番問話油然而生。

賈釗的眼睛突然一亮，抬頭道：

「照你這般問法，你大概已猜中那人的身分。」

薩摩忍的面色本已深沉，這時變得更加深沉，恰如抹上了焦炭。

賈釗的語音同時一沉，呶呶嘴道：

「那少年現已長大成人，他叫王猇……全國殺手排行榜第一，超級殺手王猇！」

45

當眾人正在屋裡喝著熱茶的時候，張獒和阿紅正貼著陽台外的牆，就像紋絲不動的壁虎一樣，竊聽著從裡面傳出來的話聲。

王猇這名字一出，張獒也不禁大吃一驚。

雖然老張早已金盤洗手，但張獒聽他論說當今殺手，曾被叮囑有個人千萬不可惹上，而這個人就是殺手榜排名第一的王猇。

十年人事幾番新，汰弱留強，全國殺手榜排名年年大洗牌，唯獨榜首位置的王猇一直屹立不搖，這麼多年也無人能取代其地位。江湖訛傳他是個敬業樂業的人，視人命如草芥，當謀殺是樂趣，經十幾年默默耕耘，殺人量屢破紀錄，奪命率一枝獨秀，因此榮獲「超級殺手」的終極稱號。

人們都說王猇是殺手界的「神」，地位好比籃球界的喬丹飛人。

至於王猇的真人如何，張獒卻是一無所知。

「王猇？殺人狂王猇！」

此時，薩摩忍的驚叫聲在布簾後傳了出來。

「怎麼了？你跟這個人碰過頭嗎？」

賈釗的語氣充滿了好奇。

「他根本不是人，他根本就是一件凶器！」

薩摩忍咬著牙關講話，聲音就像在顫抖。

在場之中，有幾個都是活在刀口上的人，均對有關王虢的事大感興趣，所謂冤家路窄，來日難保不會碰上這個人，知道的情報愈多，活著的本錢也就多了幾分。

在眾望所歸下，薩摩忍再度開腔，將一段經歷娓娓道來：

「水怪這人你們聽過沒有？兩年前，水怪是排名第六的殺手，我的位置只在第八左右。水怪和我同為外籍人士，很早就來到上海發展，搭上『中國機遇』的快車。水怪想爭第一，很想一步躍上排行榜的榜首，嫌一個一個殺太麻煩，就透過熟人介紹，直接向排名第一的王虢挑戰……」

「那個晚上，月黑風高，水怪帶著愛用的狙擊長槍，在我的陪同下赴會，當晚我的角色就是公證人。水怪和王虢約在墳地決鬥，說是方便棄屍，但我知道這是水怪的詭計，因為他擅於躲在遠處暗算敵人，而墳地滿是墓碑，他就佔盡了地利之便。」

「在一片墳墓群之中，有個人走了出來，月光照在他的臉上，我覺得那張臉很白，是那種清新脫俗的白……水怪見了，就說：『他奶奶的，竟是個小白臉。』我也很驚訝，殺人如麻的最強殺手竟是這樣子，但他額頭上有顆觀音痣，一定就是王虢。」

「王虢是笑著走過來的，那笑容親切得恐怖。」

「水怪和他說不到幾句話，生死決鬥馬上開始。在我的見證下，兩人分別走到墳地的南北入口，然後各自找位置躲藏，互相絞盡腦汁，置對方於死地。」

「我名義上是公證人，其實也有點私心，期盼著水怪和王虓鬥個兩敗俱傷，然後我撿個現成便宜，趁機會將兩人都殺了……沒想到，不到半分鐘，水怪就被王虓欺近身邊，長槍被奪，然後直勾勾地看著它被王虓用指力拗成兩截……」

原來水怪這兩年銷聲匿跡，手機沒人接，還有人說他看破紅塵、歸隱田園，想不到已經坐了一程直達車到地府長住了。

「你想想水怪是怎麼死的？王虓拗斷水怪的長槍之後，又用赤手，將水怪的骨骼逐一折斷……那模樣，就像在吃手扒雞……水怪痛不欲生，很快就昏迷不醒。王虓仍然不肯放過水怪，繼續捏碎他的骨頭。」

說到這裡，薩摩忍倒吸了一口涼氣。

「王虓掛著孩子般天眞的表情，一邊盯著地面，一邊嘆著氣說：『一個墳位這麼小，不拆骨怎麼塞得下？』這話也許是說給我聽的。到水怪全身屈曲成『一灘軟泥』時，他已經是個死人了。那……那簡直是我這輩子見過最嚇人的死法……」

薩摩忍沒有再說下去，但眾人已經心知肚明，他能保住性命活到現在，當時大概就是屁尿齊流逃離現場，不然他也無法四肢健全地站在這裡。

但沒有人有膽取笑薩摩忍。

因爲人人都在想，如果換了自己碰上王虓，所做的選擇可能也是一樣——

速逃！

46

「好啦好啦，賈同志，連你自己也親眼目睹，不就是那老叔偷走舍利子嗎？這件事與我風馬牛不相干，你誣陷我偷走舍利子，請問你用意何在？」

南海富聽罷賈釗的故事，反過來質問他。

「還記得嗎？那老叔給了我一把鑰匙。」

賈釗話鋒一轉，又回到正題上。

「第二天一早，我就按照老叔的吩咐，到西安火車站找儲物櫃。在那裡，我打開了指定的儲物櫃，卻看不到我期望中的東西。鑰匙明明是對的，但裡面的東西已不翼而飛，爲甚麼呢？我突然抬頭，就看到一個牌子，寫著：『逾時未取，所有失物將會充公』。」

廳中的人忽然聞到一陣菸味，不知甚麼時候開始，南海富已經點起了香菸。

「二十年前，管理西安火車站的幹部就是你！」

賈釗忽然一錘定音。

言下之意，即是質疑南海富私吞了佛指舍利。

南海富聽了，只是嗤之以鼻，擺了擺手，搖頭道：

「眞精彩的推理！不過你無憑無據，這樣的誣控根本站不住腳。單憑那神經病老叔的幾句話，你竟眞的信他？我也可以對天發誓，我南海富沒有偷過舍利子，否則我就會腸穿肚爛、絕子絕孫、死無全屍！」

賈釗長嘆一聲，感慨道：

「唉，這二十年來，我也一直以爲那老叔騙了我。」

說時遲那時快，賈釗打開桌上的檔案。

檔案的最後幾頁，就是一份清單，南海富看了看，臉上忽然陰晴不定。原來那份清單詳列著一些文物的名稱，既有唐代的瓷器，也有宋朝的名畫；另一欄則是賣價，總價數以億計，由此可見南海富大貪特貪，私下經營販賣古朝文物的生意。

「你的祕書一直在幫你處理賊贓，他已經招供了，你還有甚麼話說？」

賈釗揭發南海富營私舞弊，濫用職權來牟取暴利。

當南海富在陝西省任官期間，由於他唸考古系出身，便被委派管理文物一環。每每聽到哪裡挖出了甚麼古物，他都會親自監工，又舉辦甚麼開光儀式，見到一些值錢的金器古皿，貪念一起，就會順手牽羊，然後送入黑市販賣，賺個金銀滿屋。

南海富看著眼前的罪證，忽然冷笑了三聲。

出乎眾人的意料之外，南海富明明是老狐狸，這個關頭竟然沒有砌詞脫罪，反而在眾人面前直認不諱：「沒錯，我就是因爲販賣國寶發財，但這又如何？嘿，明天一早我就會坐飛機，拿著外國護照，到國外的豪華別墅享福，到時看看你們怎麼抓我！」

賈釗怒道：「我現在就拘捕你！」

話一出口，就和賴飛雲同時站起來。

南海富獰笑道：「這些證據被你送入法院，我就一定會被打靶，但我在這裡幹掉你倆，我至少還有一線生機……如果換了你是我，你會如何抉擇？從你進來的一刻，你就有一隻腳踏在鬼門關裡，現在是兩隻。」

南海富一說完這番話，就挪開手上的菸頭，放入菸灰缸裡捏了捏。

薩摩忍一見到這個暗號，立時攘臂而起，目光中充滿了殺意，如殭屍般望著賈釗和賴飛雲。

薩摩忍的目光停留在賴飛雲身上，陰沉沉地道：「我再問一次，你用的是甚麼武器？」

賴飛雲連答也懶得答，逕自把裹住長狀物的外套打開，裡面的東西露出一大半，竟是個花梨木劍鞘，這樣一來，誰也知道他的護身武器的確是木劍。

薩摩忍寬心一笑，道：「那你就死定了。」

話聲甫落，就見薩摩忍的左手疊在右手上，朝反方向用力一拉。

還以為他要脫下手套，哪裡想到一拉之下，竟把整隻右手齊腕扯開，當眞嚇呆了所有現場觀眾。好戲還在後頭，當薩摩忍舉起右臂，眾人才清清楚楚地看見，那條右臂原來只是義肢，不過內有乾坤——

瞧那外形構造，竟是嵌在右臂上的機關槍！

居然……居然有人這樣改裝自己的身體。

在這情勢緊張的時刻，眾人額頭上的汗珠一滴接一滴地冒得更快。

手裡劍這種兵器大家聽多了，沒想到薩摩忍苦心孤詣，竟創出「袖裡炮」這種凶器。而他正是憑著這樣的武器來殺人，進而晉升殺手榜的第四位。

賈釗和賴飛雲正被槍口瞄住，已成爲標靶，絕對是無從閃避。

薩摩忍用左手托起「袖裡炮」，槍口正對著賴飛雲。

隆隆隆數聲，子彈轟然射出！

47

原來南海富惡向膽邊生，竟想在這裡殺人滅口。

薩摩忍突然亮槍，又立刻開槍，這一記突襲來得奇快陡異，即使是坐得較近的亞善也來不及阻撓。

在這千鈞一髮之際，賴飛雲最快作出反應，拔劍而出，勇往直前提步疾躍，竟用一副血肉之軀來擋住子彈，藉此縮窄薩摩忍的射擊範圍。

劍又怎會比子彈快呢？

只見賴飛雲人在半空，薩摩忍已經轟然開火，機匣閃爍，連珠炮發，子彈從右臂的槍口射出，全都是瞄向賴飛雲的要害。

隆隆隆！

在如此近的距離開槍，對方絕對是無從閃躲，哪怕是盲人也不會射失，薩摩忍是專業老練的殺手，連開數槍又豈會有射失之理？

賴飛雲卻沒有即時倒下去。

他高高舉起手中的木劍，由上而下全力劈下來。

直斬！

整條機械臂硬生生被砍掉，由於另一端緊嵌著皮肉，便連著藕絲般的鮮血墜向地面。

薩摩忍慘叫一聲。

震耳欲聾的槍聲過後，只餘下嗆鼻的火藥味，世界寂靜得彷彿全部東西被吸進了黑洞。

外面的阿紅聽到那陣槍聲，被嚇得目瞪口呆，全身抖簌簌的，差點就失足墜下陽台。腦海中有個念頭轉來轉去：「死了，小賴是不是死了呢？」她終究是愛弟心切，打算不顧一切闖入大廳，便抓住欄柵飛躍入陽台。

就在此時，聽到一陣嘹亮的聲音道：

「你敗了！」

阿紅認出是小賴的聲音，心中驀然改變主意，便在半空中凝滯住動作，就像體操選手般收放自如，一下往反方向急墜，又回到了原位。

這到底是怎麼一回事？

大廳中，氣氛倏地變得怪異。

賴飛雲神采飛揚地舉起劍，架在薩摩忍的脖子旁。

薩摩忍咬著牙關忍受痛楚，極度駭然地望著賴飛雲，萬萬不信眼前發生的事——他沒有看到他期待的血花飛濺的畫面，眼前的少年竟然毫髮無損，仰起臉一看，只見自己所射出的子彈，竟統統打中在屋頂和側牆上。

薩摩忍面無血色，連聲音也在抖動：「不可能的……」

除賈釗以外，其他人也抱著相同的疑問，明明目睹子彈射向賴飛雲的腦袋和胸口，但子彈又不會拐彎，怎麼會擊中了那些地方？

只有亞善稍微看出端倪，沉聲叫道：「磁場？人體磁場？」

賈釗聽了亞善的猜測，含笑點頭，說道：「亞善即是亞善，甚麼都瞞不過你的眼睛。我與小賴初相識的時候，也被他的異能嚇呆，他就像一塊超強磁鐵，每逢緊急關頭，都會釋放出巨大的磁能，變得刀槍不入。」

亞善又看了小賴一眼，驚嘆不已：「我一直知道人體會釋放磁能，卻沒想到可以控制到這個地步。」

賈釗道：「大部分子彈雖不是全鐵製的，但只要有那麼一點鐵的成分，都會被小賴身上的磁場震開，雖不能完全擋住，但總會使它們偏離幾分。有時就算入肉，衝擊力已經大減，未能對他造成致命的傷害。」

亞善恍然道：「哦……有這樣的異能眞好，連買防彈衣的錢也省掉。」

賈釗笑道：「我有幾次死裡逃生，也是全靠小賴。我請教過一些科學家，就給他這種能力改了個名，稱之爲『超導電極．磁氣逆雲』！」

聽這兩人一唱一和，彼此志同道合，觀其表情腔調就似一對熟絡的朋友。南海富一眼看著賈釗，一眼看著亞善，驚惶失色，指著兩人道：「你倆……你倆是認識的？」

亞善和賈釗同時一笑，等同於默認。

南海富開始後悔自己發現得太遲，但真的已經太遲了。

斜眼望向另一邊，薩摩忍正在賴飛雲的壓制之中，失去機械臂的他只是廢人一個，再也無法變出甚麼花樣。

但見賴飛雲的木劍在燈光下漆亮無比，閃著暗紅色的光澤。南海富是識貨之人，看出那把劍的材質是鐵樺樹，其堅硬度是木中之冠，比鋼鐵有過之而無不及，被這樣的劍砍中，只怕連骨頭也得爆裂。

將軍，無棋可走，南海富只得承認自己的失算。

賈釗開口問話：

「南先生，你現在可以說話了。那枚舍利子到底賣給了誰？」

48

一個是警界的菁英，一個是賊界的翹楚……賈釗和亞善原來是串通好的，被這樣的兩個人夾攻，南海富這次眞的只有認栽了。

南海富迫於無奈，只好招供：

「那枚舍利子，就給了一個姓紀的買家。」

南海富不待別人追問，馬上又說：

「正確來說，你們不該叫他買家，因我與他之間並不涉及金錢交易。我人老了，記憶力不好，大概只記得一點細節……都是二十年前的舊事了，那天我接到下屬的報告，是關於一件很特別的失物。那同志負責管理火車站的儲物櫃，說那件失物看來非常貴重的樣子，便拜託我過去看看。賈同志，要不是剛剛聽你道出前因後果，我一直到現在也不知當中的曲折……」

賈釗和亞善洗耳恭聽，示意他繼續說下去。

「幸虧我是唸考古出身的，一到部門，就瞧出那東西是佛教的寶函。但這樣的聖物又怎會被放在儲物櫃裡？可能是仿製品吧？我當時就是這麼想，但一時之間還未想到處理的辦法。就在那時，恰巧來了一人求見，他自稱是失物的主人。一問之下，他除了講出儲物櫃的號碼，還清楚裡面放的是甚麼東西，而這位仁兄就是紀先生了。」

「關於這人的背景，請你把所知的統統說出來。」

「紀先生給我名片，他說自己是個骨頭收集家，專門收集古人的骨頭。一樣米養百樣人，這世上甚麼人都有，有的人喜歡收集石頭，有人喜歡收集舊報紙，有人喜歡收集女性內衣物……我問紀先生幹嘛要收集骨頭，難不成是用來熬湯吧？他這樣回答：『學術研究。』我見他一臉誠摯，人又有禮，一點也不像是騙子。」

「你就相信他？把佛指舍利給了他？」

「我當然不會這麼笨。雖然他的話完全無誤，但寶函所藏之物非同小可，我又豈會不起疑呢？其實在對話期間，我也試他一試，都是有關骨頭的考古知識。而紀先生都能一一應對，學問淵博猶勝於我，果然是絕無半點假的大學者。即便如此，我還是堅持不肯將寶函交給他，要待警察局的高幹來了才下定斷。」

「後來呢？」

「紀先生是個很特別的人，他是很俊俏沒錯，但……該怎麼說呢，就是他獨具一股靈秀的氣質，令你覺得他與眾不同。他就像看透我靈魂深處的想法一樣，一見我肚裡躊躇，就將一個皮箱放在桌上擺平，笑了笑，對我說：『請你看看這箱裡的東西。』我支開所有人，自行打開，登時目瞪口呆，你且猜猜那裡面滿箱的是甚麼？」

「唉。他完全看穿了你的弱點。」

「是金條！是滿滿一箱的金條！我活了大半輩子，也從沒見過那麼多的黃金，炫目得幾乎令我睜不開眼……不過，我是無辜的。官方規定，只要人客按程序交出罰金，我們就一定要物歸原主，使人客滿意離開。那些金條……在法律上應該只算是我的酬勞吧？我拾寶不昧，你說我何錯之有？」

就在南海富淺嚐了甜頭之後，生意頭腦頓時開竅，就由一個考古系出身的知識分子，搖身一變成爲販賣文物的貪官，連年日進萬金，繼續買官鬻爵，沉醉在暴發的虛榮之中，人心就像個爛蘋果，一爛就此一發不可收拾。

惦記著佛指給他發達的契機，他亦從那天起全心信佛。

要知的事已知道了，賈釗白了南海富一眼，當面唾罵：「你這個笨貪官！你知道自己犯下了彌天大錯嗎？」

南海富惘然道：「彌天大錯？不過是一件文物罷了，難道會比殺人更嚴重？」

賈釗和亞善懶得答話，各自搔頭摸耳，又踱來踱去，沒來由地心煩起來。秦箏聽了南海富的話，竟也深深地嘆了口氣，就只剩下賴飛雲、薩摩忍和南海富不明就裡。

所有千端萬緒，已在賈釗和亞善的腦裡整理完畢。

兩人對望了一眼，就由賈釗來開口：

「果然是這樣……佛指舍利眞的已落入紀九歌的手中。」

這個人名突然出現，南海富暗吃一驚，急著道：

「你們……你們怎知道他叫紀九歌？」

原來紀九歌就是那位紀先生的全名，而南海富肯定自己只提過他的姓氏。

賈釗突然握緊拳頭，咳了一聲，才道：

「當然知道，他就是全球最神祕組織『九歌』的首腦！」

49

亞善整晚都不出聲，現在輪到他開口，便滔滔不絕地道：

「依照我倆的推斷，紀九歌很有可能就是『九歌』的首腦。『九歌』是個極祕組織，知道它存在的人很少，我們對它的資料也很有限，只知它的成員皆以古人名字命名。」

九歌？南海富的雙眼瞪得大大的。

「紀九歌是個異能者。我們暫且就將他的能力稱為『天眼』。」

天眼？南海富的雙眼瞪得更大了。

「打個比方，梅杜莎之眼的故事你聽過吧？梅杜莎是個蛇髮女妖，任何直望她雙眼的人都會立即變成石像。紀九歌的『天眼』就是類似的能力，但當然沒有那麼厲害，只能說是催眠術的一種，可以入侵大腦，控制他人的思想。」

南海富百思不解，在整宗案件之中，亞善的身分只是局外人，他的來訪實是突兀，如今又由他來將話頭引入正題，難道當中別有隱情？

南海富覺得大有蹊蹺，不禁問道：

「亞善同志，我可想不通，賈釗查我是因為公務，但這件事與你又有何關連呢？」

亞善不加隱瞞，直言道：

「小賈之前所說的老叔——他就是我的師父。」

當眞是語不驚人死不休，一聽此話，直教南海富啞口無言，雙眼凸出半吋，幾乎就要從眼眶中掉下來。未聽過這件事的旁人，也紛紛向亞善投以訝異的目光。

亞善被扯進來這件事，原委正是在此。

「雖然不是完全肯定，但我大有把握相信，當年我師父看到舍利子的微笑，其實是個大騙局。紀九歌一定是見過我師父，並用『天眼』誘使他去盜取佛骨。」

南海富感到難以置信，只覺是一派胡言，忍不住乾笑一聲。南海富心中質疑，道：「你無憑無據，一切全屬猜測，這種騙鬼的話誰會相信？」

亞善搖了搖頭，道：「不是全憑猜測。因爲，我亦著過紀九歌的道兒，親自領教過『天眼』的厲害。」

連中國的盜王也不放在眼內，這紀九歌到底是何許人也？

南海富大感驚嘆，馬上就問：

「你見過紀九歌？他幹嘛找你？」

亞善從菸包裡取出一根菸，向賈釗借了火，邊點菸邊說：「這就要從我的門派說起——蕭邦這個人，你聽過嗎？」

南海富不知道亞善也有門派，但蕭邦這個名字可是認識的，便答：「蕭邦？那個波蘭音樂家？」

亞善只是一笑，道：「唔，不對。我所說的可不是西方的蕭邦，而是我國的蕭邦。」

南海富的國學知識頗為豐富，但想來想去也不記得這一號人物，便道：「恕我才疏學淺，我從不知我國歷史上有個姓蕭名邦的名人。」

亞善道：「你當然不會知道。因為，蕭邦就是我派的祖師爺，沒在歷史上留過名，非我派中人自是不知他的事蹟。」

他頓了一頓，又說：「但是——他父親的名字你一定聽過——根據族譜，他的父親就是蕭何，漢朝的開國功臣蕭何！」

南海富登時一愣，明明很想大笑，偏偏又無法笑出來。

「其實，我派是個古老門派，名為『蕭刀門』。而我派世代相傳，已有兩千多年，一直守護著一個巨大的祕密……祖師爺開創『蕭刀門』，實則是為了繼承蕭何的遺志。」

蕭何的遺志？

兩千年？

匪夷所思！

當著眾人的面前，亞善細想師父當年的話，接著娓娓道來：

「我師父說：『我是蕭刀門的六十二代傳人，而你就是第六十三代傳人。在你之後的接班人，你切記要嚴選，因我派歷代相傳，第六十四代傳人將會是最後一任，由他來完成我派歷時兩千年肩負的使命，拯救這個世界。』師父告託完這番話，我就繼任成為蕭刀門的唯一傳人，這已是二十幾年前的舊事了……」

亞善信步走近窗口，又抽了一口菸，慨然道：

「當我恩師語重心長地說這番話時，他一定萬萬沒料到，世事何其巧合，我後來找到的繼承人，竟然就是他的女兒！」

阿紅一直在外面偷聽，當知道那偷佛指的人是亞善的師父，而亞善的師父竟然又是自己的爸爸時，震撼的感覺無以復加，眞是愈聽愈心驚，一顆心兒怦怦然狂跳不止。

阿紅想道：「我的爸爸是亞善的師父？怎麼會？」

原來她小時候不識事，亞善等人又不露口風，是以居然不知亞善和她父親的關係。而她父親當年被王猇追殺，不知遭遇到甚麼意外，喪失了記憶之後，流落異鄉，行乞度日，又不知怎地結識了阿紅的媽，共偕連理後，生下一對子女，餘生也就在貴州定居。

而亞善剛剛那些話，顯然就是說給阿紅聽的。

亞善輕咳一聲，又回到了蕭何那段歷史。

他的聲音愈傳愈近：「當年攻入咸陽，蕭何接收了秦朝丞相御史的古籍，並在當中發現了驚世的大祕密。這件事在史書上有記載……關於這段歷史，這位秦小姐比我熟悉，不如就由她來向大家解說吧！」

阿紅和張嫳在外面躲了大半夜，凍得手腳也僵了。

幸虧阿紅自小接受嚴格的訓練，屏氣斂息的功夫很到家，藏身了這些時候，裡面的人也沒有驚覺；而張嫳也受過相似的訓練，被逼在糞坑上練紮馬，如此苦練了十年，個人的忍耐力更勝過臥薪嘗膽的越王。

可是，就在這個時候，阿紅正聽得入神，後面忽然伸來一隻手，擦過她的脖子，捂住了她的嘴。

50

那隻唬人的手倏來倏去，由捂住阿紅的嘴到鬆開，歷時不到一秒。

阿紅被嚇得心裡怦怦直跳，到她定了神，就發覺嘴巴裡多了一團紙條，肯定就是剛剛那隻手的主人塞進去的。

那隻手的感覺令人熟悉，阿紅一回頭，就看見站在窗裡的亞善。

這時亞善已背著窗口，阿紅想了想，隨即醒悟道：「亞善知道我來了！他有事告訴我，就用紙條來向我傳話。」

原來亞善早已察覺阿紅躲在外面，他走近窗邊，假裝將菸灰捏出窗外，其實是為了將紙條遞給阿紅。室內的人只顧著留神傾聽，亞善很巧妙地把話頭轉到秦箏身上，又藉著吐出的菸圈作為障眼法，一伸手一收手都是神不知鬼不覺。

阿紅將紙條放在掌心，在微弱的光線下，只見寫道：「留意暗號，取銀盤！」阿紅頓時愣住了，心中冒起一個疑問：「銀盤是甚麼？」

這當兒，秦箏甜美的話聲由屋裡傳出：

「楚漢爭霸的歷史大家應該聽過吧？蕭何是漢初三傑之首，劉邦能夠打敗項羽，其實就以他居功至高。當時秦室淪亡，劉邦一軍攻入咸陽，將軍、士兵只顧著爭奪金銀財寶，唯獨蕭何有卓見，去搜括秦朝丞相、御史府所藏的文獻和圖書，掌握了全國的山川險要與百姓戶口等軍事資料。後來劉邦能夠打敗項羽，可以說就是全拜蕭何所賜，在漢代建立後，論功行賞，劉邦定蕭何為第一功臣，冊封他為相國……」

秦箏口中的事蹟並非子虛烏有，原來在《前漢書》中有所記載。

「我接下來說的，就是歷史以外的故事，這是亞善告訴我的……在秦府的那些古籍中，蕭何發現了一些驚世祕密，當中牽連到地球大災難的預言。彙整資料之後，連蕭何本人也難以相信，原來拯救地球的關鍵，竟然就在一件祕寶之中……那就是中國歷史上最神祕的寶玉，在秦朝以後就失蹤了的和氏璧！」

和氏璧？千古一璧和氏璧？南海富怎麼說也是考古系的學士，聽到這塊傳說中的寶玉，竟也按捺不住內心的激盪。

亞善接著道：「我們蕭刀門歷代相傳，就是為了追尋和氏璧的下落。二千年來，傳自祖師爺的遺訓就是：『精盜術，蒐銀盤，解鐘祕，得卞和之玉。』卞和之玉就是和氏璧。祖師爺的父親蕭何相信，取得和氏璧的關鍵，就在一些咸陽宮銀盤之中……敝派也自古收藏著幾只這樣的銀盤。」

咸陽宮銀盤？

南海富的驚愕已經無法用言語來形容。

亞善道：「我今日來找你，就是聽說你最近挖出了一個秦代的古墓。我認為銀盤可能在那堆陪葬物之中，便想向你借來看看。」

南海富暗吃一驚，沒想到做的壞事敗露，竟被亞善查得一清二楚。

亞善嘆道：「當年紀九歌找上我，就是因爲覬覦我手上的銀盤……在我師父失蹤的十年間，我一直在追尋他的下落。有晚我到杭州一帶借宿，夢到我的師父。在夢中，師父說他有個遺命給我，那遺命就是託我辦一件事：帶著『蕭刀門』的傳世銀盤，走上某班次的火車，找一個頸上有念珠的男人……」

說到這裡，亞善停了一下，思緒墜入陳舊的回憶之中——

火車的車廂末端，有個頸繫念珠的男人。

「請問先生怎麼稱呼？」

「我是紀九歌。」

照對方所說，他也是因爲類似的夢而來。

亞善畢竟疑心重，先問了一句：

「你知道這些銀盤有甚麼用嗎？」

「這些銀盤上的圖案，就是進入秦陵的地圖。」

完全正確。紀九歌的回答和師父告知的祕密如出一轍。

亞善的疑心去了大半，便將包住銀盤的錦緞揭開。

當紀九歌正在端詳那些銀盤的時候，亞善也目不轉睛地瞧著對方的臉。模模糊糊之間，亞善心中驀然一動，冒起一種異樣的感覺。

一雙如黑洞般深不見底的眼睛——

他曾直視過這人的眼睛！

亞善一個快手，立時將銀盤收回懷中。

「我見過你！」

亞善對人類的神祕力量素有研究，猛然醒悟：

「你可以入侵我的思想？你究竟是誰？」

「盜王不愧是盜王。你是第一個識破我這『天眼之術』的人。」

紀九歌指著自己的腦側，又道：「我只是借來看一看，現在還你。謝謝，這些銀盤的圖案，已在我腦中複印了一份。」

亞善愕然道：「你怎麼會認識我？你……你見過我師父？」

紀九歌笑而不答，幡然起立，長袍輕飄地不辭而別。他的背影充滿了撲朔迷離的神祕感，虛無縹緲的聲音傳了過來：

「我們還會再見的，就在不久的將來。」

儘管亞善那時自知吃虧，但一時未能明白對方的意圖，加上手上的銀盤又沒有缺失，竟沒想過要留住他，任由他在面前消失。

「寧可信其有，不可信其無，當日我帶著銀盤走上火車，果然就讓我見到那個叫紀九歌的男人。眞相嘛，大家也應該猜到了，我會作那樣的夢，並不是師父眞的顯靈，而是因爲我中了紀九歌的『天眼』。」

天眼——直接讀寫別人思想的異能。

雖然不可令人做出乖悖違戾的事，卻可透過潛移默化，來影響一個人的行爲，從心理學的角度來說，就是直接入侵一個人的潛意識。

「那我又不明白了，紀九歌收集古人的骨頭有啥用？」

南海富突然有此一問。

「因爲骨頭中有遺傳基因，即是『DNA』。」

亞善的回答超出所有人的想像之外。

遺傳基因？

基因，又稱爲「遺傳密碼」，就是造出生命的基本藍圖。

一個人的外表特徵、性情喜惡、智商體格、強處弱點……全都受到遺傳基因的影響。

以前的大陸人對基因一知半解，直到「基因驗親骨肉」的溫馨服務出現，人們才對基因的了解逐漸加深。

「雖然不知用甚麼方法，但紀九歌確實可以解讀基因密碼，藉著研究古人骨頭的基因，從而得到他想要的特異功能。」

「從古人的遺骨中獲得能力？」

南海富的舌頭幾乎僵硬了。

經過人類幾千年來的不斷繁衍，有些特殊的基因已變爲隱性，或者徹底失傳。

現今世上仍偶有奇人異士出現，依照亞善的說法，他們便可算是擁有「古血統」的人。儘管如此，始終有部分神奇基因已經難以爲繼，某些人類體內不可思議的力量已被封鎖。紀九歌所做的一切就像在「解鎖」，目的是解開身體中遺傳密碼的枷鎖，藉以令某部分消失的潛能重現於世。

南海富繞起了衣袖，嚷道：「荒謬！荒謬！特異功能？這麼荒謬的事誰會……」

但當他瞄了賴飛雲一眼，頓覺世事果然無奇不有，遂又訝然語塞，把說到半途的話吞回喉頭。

賈釗垂首道：「我起初的想法和你一樣，也不願相信這樣的事。未遇到小賴之前，我也不信世上會有異能者這回事。」

就在此時，亞善突然眼前一亮，原來南海富終於露出他的狐狸尾巴，有道微弱的光芒在他的袖口中閃了閃。

亞善伺機已久，就是等他上釣，趁機吐出一個菸圈，接著舉起手在煙中晃來晃去。

其他人以爲他眞的在撥煙，卻沒發覺到他正藉著手語和外面的人溝通。

阿紅透過「聯官感應」，洞悉了亞善的動作。

那手語的信息就是：

「暗號！來了！追蹤！」

早在對話期間，亞善已注意到南海富的袖裡有古怪，似是藏著甚麼東西。亞善的目光極度銳利，要瞞過他的眼睛豈是易事？匆匆一瞥之間，亞善已看出那是一款掌上型對講機，可在一定範圍內發出記憶短訊。

對講機的發射範圍有限，接訊的人大有可能就在附近。

亞善素知南海富為人狡猾多詐，當此人知覺剛剛的談話內容荒誕，根本不會用作呈堂證供，他這種壞人就有了脫罪的機會。他怕就怕物證人證俱在，到時請最好的律師也無法辯駁，在這節骨眼上，自然而然會派人幫他銷贓。

也就是說，只要跟蹤南海富的手下，便可抵達收藏文物的祕所。

亞善深知賈釗富正義感，但又過於固執古板，未必就會讓他將銀盤據為己有。因此務必趕在警方搜查之前趕到藏贓的地方，先將那銀盤拿到手，而這晚他在南海富的家巧遇阿紅，心生一計，便差遣她去追蹤，把握機會捷足先登。

阿紅依亞善的吩咐去做，閉上眼睛，頭髮隨風輕拂，聽覺也隨風向外拓闊，站在高高在上的陽台上，感應和捕捉聲音在清風中的流動。

不到一會兒，她聽到汽車引擎啓動的聲音。

阿紅驀地睜開眼，向張獒指著下方。

在這刻不容緩之際，阿紅抓住陽台欄柵，藉牆踏腳，開始往下躍。張獒未知發生何事，也如影隨形地跟著阿紅，到二樓向橫飛躍，一轉眼已來到車庫的蓋頂。

「是那貨車！」

只見一輛貨車閃著燈，正沿著車庫旁側的路慢駛而出。

阿紅和張嫳在蓋頂上急步追趕，各自逮住最佳的時機，一前一後地跨空跳到車頂上，手腳俐落，快得沒被司機察覺。

黑夜的氣流在四周蠕動，不知怎地，阿紅的心口無端悸動，有種陰鬱的感覺憋在裡面。張嫳投以關切的目光，阿紅想了一想，覺得這是不祥的預感，便道：「我沒事……待會兒行動，記得小心。」

昏天黑地，彷彿有未知的危險在等著她。

公元前二〇六年．咸陽

暴君恣虐，兵連禍結，民不聊生。
倘若蒼天有眼，何以視若無睹？
人性從善難而從惡易，
肉食者高官厚祿，又豈知民間疾苦？
馴良者得掌政權，是眾生之福。
狡兔死，走狗烹；
敵國破，謀臣亡，
在那充滿動盪的時代，
只有一代宗臣能逃過大難，
成爲世所稱頌的大政治家……

51

公元前二〇六年，秦室淪亡，群雄揭竿起義。

漢王劉邦就在這一年攻克咸陽。

烈日當空下，一列雄兵昂然直入，浩浩蕩蕩地通過城牆，前方的領隊騎著俊馬，眉飛色舞，當先一人正是劉邦。

劉邦就在萬眾目光的簇擁中進城，意氣風發之極。

一人親隨在劉邦的左右，他兩鬢花白，長眉短鬚，皺紋深刻，眉宇間凝著一股正氣，此人正是漢初重臣之首——

蕭何！

劉邦賊忒忒道：「先入咸陽爲王，從此秦的土地就是我的天下！老蕭，我能有今日，全賴你在沛縣推薦我啊！今晚找你暢飲，好不好？」

蕭何只是陪著笑，心裡卻在發愁：「項羽這隻大老虎可不是好惹的，他一入咸陽撒野，恐怕沛公就會有殺身之禍。」

這裡所說的沛公就是劉邦的別稱，也是蕭何慣常對他的稱謂。眼見劉邦興高采烈，蕭何也不想澆冷水，這番隱憂自然深藏心底。

酒後言歡，有友問蕭何當今天下之局。

蕭何曰：「天下將會是楚漢之爭。」

友人卻不解蕭何爲何捨項羽而助劉邦。

蕭何笑曰：「沒錯，項羽是個英偉不凡的大人物，又有貴族氣質，怎麼看也會很有出息；相比之下，沛公只像個無賴，又小器又粗鄙……但項羽貌似英雄，心裡卻不顧別人的死活，自私自利，就是個典型的人渣；沛公有人性，倘若讓他坐上王座，他至少一定不會是個暴君。」

蕭何又多說了一句：「而且，沛公是我的好朋友。」

戰國時代就是兵連禍結的時代，其後秦一統天下，苛政重賦更使人民飽嘗苦頭，安定不足十六年，天下又血流成河，可憐民無恆產，家破人亡，饔飧不繼，死無安葬之所……

人世間最大的悲劇莫過於戰亂。

對人民來說，沒有一天是好日子……

蕭何騎著馬，越過戰場、阡陌、廢墟和死城……

舉目所見，馬的殘骸，人的屍骸，白骨一堆堆，被刺骨的陰風吹散，如凋零的野花般散落在寸草不生的農田。平民百姓流離失所，就會去做賊，年老瘦弱的會去偷死人身上的東西，膽粗氣壯的就會打家劫舍。

蕭何就是生長在這樣的一個時代。

和平，在凡人的眼中竟是遙不可及的夢。

「天下多賊，百姓挨餓，不是蒼生之過，而是國家的錯。」

蕭何早在當官之前，已對草菅人命的暴君深惡痛絕。目睹人民的慘況，蕭何很想作出一點改變。

這一年，劉邦的軍隊成功開入咸陽。

咸陽乃秦之首都，諸將到了咸陽的宮殿，不禁為宮中的奢華而驚呆，眾人紛紛如惡虎餓狼般爭奪金銀珍寶，唯獨蕭何遠見非凡，先往丞相府和藏經閣走一趟，搜羅有用的圖書和文獻，以備日後不時之需。

在《前漢書．蕭何曹參傳》中，原文如下：「沛公至咸陽，諸將皆爭走金、帛、財物之府，分之，何獨先入收秦丞相、御史律令圖書藏之。沛公具知天下厄塞、戶口多少、強弱處、民所疾苦者，以何得秦圖書也。」

這情況等於人人說要去歌舞廳和電影院，而你偏偏孤傲不群，提議去圖書館看書一樣。

蕭何冷眼瞧著其他同僚，感慨道：「天下大局未平，大戰將至，取走財寶也只怕無福消受，苟且偷安又有何意義呢？唉，項羽的兵力這麼強，要勝過他真的不是易事，天下何時才會太平呢？」

蕭何帶著一干隨從，徑直走入丞相府，遣人大肆搜括經書和軍機文獻，此事利害攸關，便吩咐眾人必須細心視察，千萬不可有所遺漏。

正自過目間，忽然有人匯報，說看到一個奇特的書架。

蕭何到場一看，只見室中角隅，典籍已被統統取走，剩下一個空空的藏書木架。本來只覺平淡無奇，但用神一覽，卻發現那個書架不但特別不同，朝著裡頭的一面更刻有一大堆密密麻麻的圖案。

那些圖案有的像蟲，有的像鳥，乍看下還以爲只是雕繪，卻又形體各異，令人不禁揣測另有隱情。

別人瞧不出有何稀奇，只有蕭何智識過人，一眼就看出那是鳥蟲書。

在秦統一文字以前，鳥蟲書乃六書之一。

書者，字體也，自秦朝以來，通用的文字是小篆和隸書，反觀鳥蟲文的結構相對複雜，以動物的雛形組成筆劃，辨識頗難，主要用在傳達密令的旗幟上，其時會讀的人也愈來愈少了。

整個書架就像一部書，一部奇怪的書。

蕭何並不精通鳥蟲書，但勉強也能看懂一些字。

其中一角的木板被蟲蛀了，蕭何最先便留意到那張板。

與數目有關的文字最易看懂，蕭何跪下來看了看，託人取來紙筆，深思一會，便在紙上譯出一句：

「黃曆第十三循環，壬辰水年，壬子木月，丙辰土鬼定日……太陽紀之末，天降最大浩劫……」

太陽紀之末？天降最大浩劫？竟譯出這樣的話，連蕭何本人也大吃一驚。

蕭何通曉天文曆法，甲乙丙丁，子丑寅卯……

依照那個時日推算，竟是約莫二千二百年後的事。
換算成現今的西曆，即爲二〇一二年十二月二十一日左右。
在那一天，人類歷史上最可怕的浩劫將會降臨！

52

「太陽紀之末？天降最大浩劫？哈哈！無稽之談！」

蕭何大笑幾聲，便不當一回事似地，向旁人指著那書架，說不知甚麼閒人為了妖言惑眾，就造了這麼一個書架出來。

眾人不再理會那東西，分頭再去做事。

忙了大半天，蕭何盡收秦官府中所藏的律令和圖書。

臨走前，蕭何又偶然望了那書架一眼，只覺它的工藝精巧得令人驚奇，猶如隱隱現出一種神祕的光環，只怕並非無聊人的傑作，說不定眞的有些不為人知的玄機……又想到入咸陽宮的機會未必再有，反正都是一趟工夫，便叫隨從過來，將那書架拆成碎塊，然後搬運回府，跟其他藏書疊成一堆。

蕭何又下令道：「軍機樞密，全部不得外洩！」

且說項羽的大軍終於壓境，看到劉邦已入關中，勃然大怒。

時隔不久，果然收到項羽的來信，請劉邦到鴻門一聚。

蕭何深深明白，只要劉邦從鴻門宴中脫險，當今局勢將會是楚漢之爭。成就霸業的時間是分秒必爭，蕭何不容有失，便開始閱覽那堆源自秦府的經籍，再細心抽絲剝繭，取出有用的資料。

那個木架已變成木塊，而那些木塊又再度映入蕭何的眼簾。好奇心人皆有之，蕭何又隨便看上幾眼，竟發現一段奇怪至極的句子……世事無奇不有，他居然看到自己的名字，出自一句話之中：

「成也蕭何，敗也蕭何。」

蕭何大感惑然，唸道：「巧合？巧合！」

但他又何嘗想到，如非一個人名，「蕭」字和「何」連在一起的機會，簡直就是微乎其微，況且更不成文理。

蕭何覺得那些木塊甚是妖邪，本來要扔掉，但後來行色匆匆，來不及分門別類，就叫下人將所有東西一併搬上車馬，遂而遷到漢中。古時的書由竹簡刻字而成，相較之下，那些木板也不算是重物。

到了漢中後，劉邦就以蕭何為相，自己主力出征，國務等大事都由蕭何來治理。

蕭何自此就替劉邦看管國家，夙夜匪懈，屯糧練兵，以助他圖謀霸業。蕭何亦不愧為治國之能臣，漢中在他的治理下，日漸富庶起來；亦盡用當時從秦府得回來的軍機資料，為劉邦的大軍指示行軍路線，以及提供糧餉等支援。

項莊舞劍、夜走灞上、鴻溝為界、楚漢攻殺、十面埋伏、垓下悲歌、項羽在烏江自刎……

如此多影響歷史的大事，都在短短五年之內發生。

終以劉邦一統天下，建立漢朝而告結束。

劉邦即位後，定國號為「漢」，分封天下諸侯，論功行賞，以蕭何為第一功臣，就將蕭何封為相國，再賜封他本人及父母兄弟。

蕭何繼續盡忠職守，爲劉邦治國，爲人民服務。

大業雖已初成，他卻沒有因此而懈怠下來，不斷爲老百姓的幸福而努力。

這日蕭何就站在城牆上，眺望著城內的繁盛氣象，感受和煦的陽光，心中泛起不能言喻的滿足感，向著看守城牆的侍衛們，滿懷自信道：「這片大地都是我的國家，我要去改變它！」

侍衛們對這位蕭相國敬仰不已。

因爲蕭何是勤政愛民的實幹派，向來都以老百姓的幸福作爲優先考慮。劉邦亦聽從蕭何的意見，減輕租賦徭役，亦廢秦苛法，實行與民休息的政策，使人民安居樂業，國庫充實，社會與經濟同步走向繁榮。

蕭何不但不畏懼惡賈，還特地拿惡賈來開刀。

更難能可貴的是，蕭何面對無數金銀財寶，竟也可以不爲所動，如得道高僧般毫無貪念，惡賈奸商們要賄賂他，真的就是無從入手、打定輸數。

商人之間常言道：「要收買蕭何的難度，比愚公移山更高。」

蕭何心中有一個理想。

爲此，他可以奉獻自己的一生。

這個理想，亦正是他常掛在嘴邊的話：

「天下無賊，國泰民安，夫亦夕死可矣！」

有一個姓王的衛尉，一直仰慕蕭何，這日見他上城巡察，便與他閒聊起來：「蕭相國！陳大賈等人作惡多端，只會欺壓良民，你那天扳倒他們，眞是大快人心啊！」

蕭何一笑道：「老百姓又有甚麼勢力？我位高權高，如果連我都不來保護他們，誰又可以來保護他們？我老蕭無兒無女，但我不愁寂寞，因爲大地上的良民皆是我的兒孫！」

王衛尉心中一動，只覺眼前的相國雖然文弱，卻凜凜然是他心中的英雄。

「我始終相信，惡人最後不得善終，只有良善的人會被上天眷顧！以善待善，以惡剪惡！

蕭何就是這樣的一個人。

俠之大者，正是蕭何。

王衛尉和蕭何說話投機，便跟著他回家喝酒。

一到家門，只見蕭家的門檻後堆著大包小包的東西，一瞥眼都是玉米、楊桃、穀物……諸如此類。

原來老百姓感激蕭何的恩惠，又知這位相國不望回報，便悄悄把農作物放到他家。蕭何經常收到這樣的禮物，吃也吃不光，有時又不忍拂人好意，眞是又好氣又好笑，但心裡總是歡喜的。

蕭何所住的屋子幾乎是全區最破陋的一間。

誰也無法相信，萬人之上的一國之相，竟會住在這種殘破的陋屋之中。

蕭何就和一般的老頭子無異，粗茶淡飯，安貧樂道，和妻子恩愛，和鄰居熟稔，經常體察民情，睡得少，大部分時間都在處理政務。

這日蕭何回到家，就看到自己的妻子委頓在地，面露不適之狀。

「妳怎麼了？」

蕭何匆匆衝過去……

53

飛鳥盡，良弓藏。

狡兔死，走狗烹。

劉邦爲了鞏固帝權，恐防有人心懷不軌，又爲免異姓王坐大犯上，就想法子除掉開國功臣，開後世殺功臣之先例。

公元前二〇一年，韓信策謀造反的消息傳入朝廷。

朝廷中一片大亂，謠言滿天飛。

韓信一帶兵，天下的戰亂又會沒完沒了，受苦的又會是蒼生……

蕭何權衡得失之後，只好大義滅友，與謀士們同心商議，一起向皇上獻計引韓信入局。韓信是大將之才，但政治頭腦異常簡單，很快就自投羅網，被劉邦褫奪兵權及貶官降爵，自此一蹶不振，晚年更遭受誅殺之禍。

稍費吹灰之力，就幹掉一頭大鱷，而且還是最大的一頭。

陳豨、韓信和彭越等開國功臣已相繼遇害……

劉邦也對蕭何起了疑心，不時派人查探動靜，更笑呵呵地搭上他的胳膊，說這陣子局勢不安定，國家不能沒了相國，又讚他前陣子對付韓信有功，因此特地派出五百名士兵，圍在蕭何出出入入的地方。

朋友召平道：「哎呀！這次眞的大禍臨頭了！外面那五百大兵，說得好聽是你的護衛，大模大樣就是來監視你的。」

蕭何付之一笑，再笑曰：「下一個就會輪到我吧？」

蕭夫人聽到兩人的對話，悲然淌下兩行眼淚。

她早前身子不適，便請了大夫過來。大夫把脈之後，掐了掐鬍子，就笑著道：「恭喜恭喜！」原來蕭夫人只是有喜，懷了蕭何的骨肉。

蕭何沒料到自己老來得子，這眞是喜從天降，他爲人聽天由命，本來把生死看得很輕，但現在又有了一絲猶豫……兒子出生，倘若無法看著他成長，將會是他死前的憾事一樁。

自韓信遇害後，蕭何一直爲此悶悶不樂。

蕭何這日在書房裡靜坐，念及舊友韓信的慘況，心灰意冷，長嘆一聲。

「韓信再這樣下去……在沛公面前忿忿然，暗地裡又耍心眼兒作怪，沛公遲早就會送他去斬首示眾……」

蕭何的目光茫然望向書室的一角，那一角正擺著一堆經籍，都是以前從秦府奪回來的東西。恍恍惚惚之間，他猛然記起一事，心中霎時變得澄澈一片，一段文字電也似地在腦際閃過——

成也蕭何，敗也蕭何！

韓信是他一手提拔的，現在狼藉收場，雖非全因他而起，但韓信說到底也是被他騙入宮的，怎麼說也脫不了干係。

「這些木板上記載的事……莫非是預言？」

蕭何驀然間想到這一點。

在那堆雜書之中，蕭何帶著驚異之心，翻出了那些神祕的木塊。他抱住那些鋪滿灰塵的木塊，急步走到幾位學者家中，聚在一起研討，用上了各人的鳥蟲文知識，眞正地從頭到尾，一一解讀上面的文句。

眾人得出結果，面面相覷，驚駭絕倫。

蕭何所料不錯，那些木塊眞的是一部預言書。

他這才發現，那些鳥蟲文意味深長，記述了自秦以來的簡史，近至漢初開國的大事，遠至二千多年後中國的國脈……由於其時地理常識有限，有關英美德法俄日義奧的概念可謂全無，蕭何等人大概只能看個半懂。

楚漢爭霸和漢朝立國在歷史上堪稱大事，韓信和蕭何又是名氣最盛的大臣，即使是在現今的中史教科書也必定收錄，兩人因此便在那木塊上留名，以預言隱語的方式呈現出來。

那書架的來源詭祕莫測，只知是秦朝前官留下來的，而木塊一直由蕭何保管，斷定不會有人在上面動過手腳，由此可知預言的可信度極高。

當蕭何知道漢室將會在數百年後覆亡，不勝唏噓之餘，同時又想到木塊上的預言非同小可，此時是太平盛世，如果傳出外面，只怕會揹上胡亂造謠的罪名，立時就是死罪。

蕭何和學者們商討之後，決定三緘其口，即使是親人也不可洩漏半句。

「壬辰水年，壬子木月，丙辰土鬼定日……太陽紀之末，天降最大浩劫……」

這一句卻在蕭何的腦裡揮之不去。

倘若這些木板上的記事一一靈驗，毋庸置疑的是——

人類會在二千二百年後遭遇最可怕的浩劫！

遙遙的二千二百年，那實在是超出蕭何所能想及的時間。

人生七十古來稀，只怕到時他的白骨也化爲灰燼了。

此事本來與蕭何無關，但受天性使然，他始終無法坐視不理，偶然一有閒暇，就會耗神琢磨那木塊上的古文。

天意往往作弄人，全篇預言最關鍵的結尾，正好被蛀去了一大片，對於是一場怎麼樣的浩劫，蕭何終究是無法知曉。

猶幸在僅存的木塊之中，蕭何發現了解救地球厄運的唯一方法……

關鍵竟是在一塊古玉之中，這塊玉就是眾所周知的和氏璧。

自秦始皇駕崩之後，和氏璧就成了秦始皇的陪葬品，與這千古一帝一同埋葬在陵墓深處。

如此一來，要奪得和氏璧，就要進入秦陵地宮……

但當中又有揭示，若要入秦陵，必先做到兩件事：一則齊集一套上有鳥蟲文的銀盤，以此爲引才能突破墓穴中的機關；二則須解開一座古銅鐘的祕密，否則就無法打開通往陵墓最深處的門扉。

那些銀盤蕭何大概有點印象，料想原來是藏在咸陽宮中的東西，自被諸將爭相搶奪後，早已不知散失到何處，眞的是千金難買，但他仍會暗中派人去找，盡其能力而爲之。

但讀到古鐘一說，蕭何又百思不解。

「鐘？爲甚麼是一座古鐘？」

只知時辰未到，古鐘會一直長埋於地下，直到二千年後才會浮上地面。

即使蕭何其時有幾個腦袋，也必然無法摸透當中的玄機了……

54

這日，王衛尉突然造訪，來找蕭何。

王衛尉收到風聲，知道皇上對相國的疑心愈來愈重。

念及蕭何的安危，王衛尉勸道：

「相國這麼多年鞠躬盡瘁，何不光榮引退，享受一下弄兒之樂？伴君如伴虎，皇上待你的態度如何，你又不是不知道，何苦要繼續留在那片是非之地？」

蕭何搖了搖頭，嘆氣道：

「要我離開，我做不到。」

王衛尉又道：

「此事性命攸關，你眞的考慮清楚？」

蕭何揮了揮袖，凜然道：

「你太小看我了。我是個比你所想的更貪戀權力的人。只有伴在皇上身邊，我才可以大權獨攬，成爲一國之相，然後用我的權力去治國！爲了這樣的權力，我可以連性命也丟掉！我因何不走，這下你明白了嗎？」

這位賢臣的眼中閃爍著光芒。

「我是因爲看到子民的微笑而快樂。」

聽到這番話，王衛尉情不自堪地熱血上衝，突然湧起一種想哭的感動。

賢者得掌政權，乃是眾生之福。

爲了百姓，義無反顧的高官又有幾個？

然而，坐以待斃也不是辦法，蕭何便聽從朋友的意見，劉邦既然顧忌他受民寵愛、喧賓奪主，那當然就要從這方面著手，採用「自毀其名」的做法來瞞天過海。

「只要劉邦見你受人民唾棄，疑心大去，那你就可以逃過一劫啦！」

眾人這就依計行事。

不久，動亂已平，劉邦領軍回宮。

劉邦班師回朝時，聽到很多不利於蕭何的傳聞，更有人啓奏說蕭何強佔民地，故而聲名狼藉，爲人所不齒。

全城人民更爲蕭何寫投訴信，其量之多，載滿了幾輛馬車，一車又一車運至，即使是超級天王巨星也馬塵不及……

劉邦起初還信以爲眞，以爲蕭何人老便貪，喟然道：「收成不好，還要霸地，老蕭這次眞的……眞的太不厚道。」

可是，沿途所見，佃農不但普遍並無怨聲，望向劉邦這一行人時，居然還露出笑口常開的歡容，生活也沒有半點困頓之象。

劉邦不解，問曰：「土地被霸佔了，何故還可笑得如此快樂？」

身旁的侍者答曰：「蕭相國表面上自毀名聲，實則是爲民除害。地主聯營抬高地租，串謀牟取暴利，相國就將他們的土地充公，低價租給貧戶……有些農民長期在一塊田上耕作，土地變得貧瘠，相國就硬要逼遷，給他們新的農田，到了秋天大豐收，所有不歡盡皆煙消雲散了……」

這位侍者受過蕭何恩惠，想也不想，就爲相國說句好話：「所有平民百姓，其實心裡都很愛護蕭相國！」此人一番好意，卻未知自己幫人變成害人，這番話正正破壞了蕭何的大計……

劉邦聞言，卻在鼻子裡「哼」了一聲。

回到宮廷，劉邦召見蕭何。

劉邦假意笑著，揶揄道：

「老蕭！你害人的手段眞高明，我怎麼看你也像在幫人呢！」

蕭何自知計策已被識破，把心一橫，恭謹道：

「微臣懇求陛下開恩！上林中多空地，棄而不用實在可惜，所以請皇上體恤民情，將那些土地開放給貧民耕作，貧民一定會爲此而感激陛下的！」

明明是一番好話，劉邦卻不知怎地無名火起。

早不來，遲不來，這時就有官員趕來。

他向皇上行禮後，立即道：

「皇上！大事不好了！外面有很多平民爲相國而來！」

劉邦驚聞此言，狠狠盯了蕭何一眼。

民間有謠傳說蕭相國會遭毒手，老百姓便星夜趕路入城，在廣場上跪求，期盼皇上開恩，饒過蕭相國的性命。一傳十，十傳百，到來的平民人多勢眾，連上慣戰場的總戎也爲之矚目。那些平民百姓全因蕭何而來，即便是被侍衛們用刀鎮嚇，他們也不肯後退半步，竟是視死如歸，願以自己的命交換一命。

豈有此理！造反了！蕭何是天子還是我是天子？

劉邦眉頭緊皺，龍顏不悅。

可惜那年代沒有坦克車，不然開輛坦克車清場，豈不是可以了絕後患、高枕無憂？

蕭何聽了這樣的事，揉眵抹淚之後，腦裡空白一片，便猛地下跪，連連磕了幾個頭，聲淚俱下道：「微臣懇求皇上莫要下令格殺！微臣罪大無赦，願意以死謝罪！」

蕭何以爲這番話大仁大義，卻不知刺中了劉邦的痛處。

劉邦心中嫉火難消，怒曰：「好，你是眞君子，我是小人！來人！蕭何身爲相國，卻大逆不道，串通商人來騙朕，現綑他入獄，判處不赦之罪！」

蕭何淒然一笑。

他沒有反抗，也沒想過反抗，就這樣靜靜地戴上手銬，靜靜地等待即將來到的牢獄之災，生殺大權全掌握在劉邦的手中，就在一片唏噓聲和激怒聲之中，黯然垂著頭鋃鐺入獄……

55

涼月下，麒麟閣。

四周樹影扶疏，是一片死寂。

蕭何走一下，停一會，才有力氣再走。

他跟在一個侍衛後面，彼此默默無言，恰如犯人正被獄吏押送到刑場一樣的情景。

大約在半更之前，那侍衛解開了蕭何的枷鎖，說道：「皇上要見你，你跟我來。」

蕭何自知無法倖免，便徐步跟隨侍衛，在廊道上誠惶誠恐地行走。他已是五十幾歲高齡，在牢裡關了三天，受了不少皮肉之痛，一時間老眼昏花，行走時也是一跩一跩的。

到了麒麟閣，劉邦正背著門口，坐在圓桌旁。

儘管飽受凌辱，蕭何仍是忠心耿耿，行禮道：

「參見陛下。」

劉邦回了頭，不怒也不笑，只是淡然道：

「請坐。」

蕭何愣了一會兒，再等劉邦用眼神示意，這才惶惶然坐了下來。

桌上明晃晃地擺著幾杯茶，在華燈下照出深褐的茶色。

蕭何心裡不安，腦中掠過數個念頭，暗道：「賜我毒茶而死？」

劉邦板著臉道：

「喝茶。」

蕭何心想不過是一死罷了，便舉杯傾頭而飲，痛痛快快。喝下茶之後，只覺舌頭餘香甘濃，肚裡並無不妥，那只是一杯正常的茶。

蕭何再看劉邦的面色，卻又不見有何異樣……饒是蕭何這麼老練的人，也猜不透皇上的用心，對劉邦夜見之意茫無頭緒。

涼風之中，劉邦的聲音像蟬聲一樣沙啞：

「你知道你自己犯了甚麼罪嗎？」

「臣不知道。」

劉邦突然拍桌，大聲叫道：

「唉！眞混帳！連你也不知道，我又怎會知道呢！」

蕭何微微怔住，渾然不知該當如何回應。

劉邦卻不立即說話，嘆氣了老半天，才以幽幽的眼神瞧著蕭何。

「有個姓王的武官連砍頭也不怕，竟然在上朝時爲你講好話。他說蕭相國一生爲國，天下皆知你爲人正直，任何賄賂在你眼中連個屁也不是！你對我忠心不二，又怎會有篡位的念頭？那姓王的大聲地質問我，問我蕭相國何罪之有……」

蕭何聽得瞪大了眼，擔心那王衛尉已被殺頭。

劉邦道：「我還記得我做亭長的時候，出身寒微，要遠行而缺盤川，你就很大方地掏出五百錢來給我。原來你那時也是窮得可以，那五百錢差不多是你的全部積蓄……所以我一發跡就想起你，在那之後，你就助我處理政務，幫我打下這片江山……」

燭光灑在劉邦的臉上，原來他的面色已溫和許多。

劉邦又嘆道：「老蕭，你這一生有多少時間是爲了自己？你大半輩子都是爲別人而活，縱使是丟掉性命，你也在所不惜，但我卻嫉妒你愛民如子之心……如果連你這樣的賢相也害，我劉邦就是有眼無珠，比殘暴的桀王和紂王更加差勁！」

蕭何乍聞這番感言，登時愣了一愣。

劉邦望著蕭何的眼睛深處，言笑晏晏，又道：

「在我的眼中，孔子根本不是聖人，蕭何你才是聖人！我今日終於明白，得友蕭何如此，當眞是平生最大之幸……令你蒙受不白之冤，是我不好。」

堂堂皇上，竟向一名大臣道歉，不管是誰聽了也會動容。

原來在那王衛尉斥責之下，劉邦本來深深不忿，但回去想了一晚，靜思己過，覺悟自己今日坐擁江山，全因蕭何不辭勞苦地爲他治國，於是便爲自己做過的事深深內疚。

明月下，照丹心，蕭何大感意外，再也情難自控，老淚便在此時噴湧而出。

蕭何抹走一把眼淚，本來想說幾句答謝的話，但一張開嘴，始覺語塞，只能吐出幾句哽咽的話。

劉邦按著蕭何的手，與他相視而笑，這一笑也化解了所有的怨尤。

「朕聞說你老來得子，你的兒子改了名字沒有？」

蕭何和劉邦相處幾十年，一聽這句話，立時明白他的心意，便道：

「願皇上賜名！」

「我視你的親兒爲己出，你的骨肉即是我的骨肉……你姓蕭，我單名一個『邦』字，你兒子的名字就叫『蕭邦』吧！」

剛開始的時候，蕭何只是想作出一點改變。

到了最後，他竟然改變了整個世界，即使漢高祖劉邦亦要受其感動！

不久蕭何的兒子出生，取名爲「蕭邦」。

蕭邦天賦異稟，體魄過人，而且滿腹經綸，向奇人異士學得不少異術。有其父必有其子，他不僅接收了父親留下的古籍，也繼承了其父捨己爲人的精神。

蕭刀門成立之初，當家鑽研的盜術乃是爲了盜墓，及後中原大地戰亂頻生，昏君豺狼當道，門下傳人不忍見難民受苦，便當上了俠盜，救萬民於水深火熱之中。

源遠流長，二千多年的歷史，承繼先祖的遺志，歷經漢唐宋元明清等朝代，不覺已有二十個世紀多了。

代代相傳，替天行道，劫富濟貧，守護著中國的子民。

近至中日戰爭的時候，參與暗殺漢奸的任務，暗中保護眞心爲民的政要角色，一直在時代的洪流中一脈相承，俠義心腸，不求任何回報，憑著驚人藝業見義勇爲，與惡徒勢不兩立。

浩瀚光陰，漫長守待，改朝換代。

歷經朝代的更迭，終於傳到了末代繼承人——

阿紅！

二〇〇七年・古劍泰阿

一九六五年，越王句踐劍；
一九七四年，秦始皇兵馬俑；
一九七八年，曾侯乙編鐘；
一九八三年，吳王夫差矛……
無數戰國時期的古墓群，
都在近四十年間相繼出土。
是因爲無聊人開始掘地？
是科技的進步？
抑或是上天的啓示？
中國的古文明藏著無數祕密，
挽救地球厄運的關鍵，
原來是……

56

阿紅和張獒避開後照鏡的死角，伏身在貨車上，由於行駛路徑並非鬧市的路，所以一路上也沒有被人發現。

貨車上了一段高速公路，經過水庫，接著駛入一處大概是科學園區、工業區的地方。

停車的地方是一個倉庫。

兩個男人從貨車裡下來，從他倆高檔襯衫的衣著來看，應該就是南海富的私人祕書。

這倉庫的面積很大，樓高兩層，是設備現代化的集成式物流中心。

那兩個男人自出自入，無人看管，如此看來，這裡或許是南海富名下的企業之一。只見那兩人鬼祟地走到上層，東張西望，匆匆地在貨架之間穿梭，然後在某一行貨架前止步。

其中一人駛來小型起重車，想提取置放在貨架裡的大木箱。

正要按下按鈕，那人眼前突然一黑，然後立即不醒人事。

阿紅弄昏他之後，順勢就從起重車上跳下來。

還有另一隻「引路狗」正被張獒用槍嚇唬，阿紅貓著腰走到那人身後，手裡銀光閃過，那人已經頹然昏厥，臥倒在地上。

張獒指著裡頭的木箱，說道：「看來就是這箱貨物了。我們搜一搜吧。」

兩人便走近木箱，那種輪盤鎖，阿紅不用十秒已經解開。

搬開箱蓋後，裡面果然擺著一堆古物，既有方鼎又有瓷器。張弢見了，皺眉道：「東西這麼多，要找一只未見過的銀盤，也著實大費工夫……」阿紅的眼睛瞄向一角，看到一個鑲金邊的圓盤，忍不住驚叫道：「啊！是那裡！」

張弢替她伸手將圓盤拿出來，問道：「妳怎知這個就是咸陽宮銀盤？」

阿紅既是好氣又是好笑，嘆道：「小時候我要扮公主，亞善就用它來盛菜吃飯，我哪裡知道這東西就是蕭刀門的眞傳之寶……」想到亞善的用心良苦，兩人同時有種啞然失笑的感覺。

張弢用腰帶上的萬能鉤將銀盤繫好。

正要走向出口，阿紅忽道：「噓，有人進來。」

由於四周都是貨架，要藏身簡直是易如反掌。阿紅和張弢便在近處找個地方躲起來，打算待那上來的人走過，就馬上竄向出口。

沒想到上來的不是巡更，而是一群穿著時髦的少年，一數就是六個。

當前的一人倒著走，對一名像富家子的男生道：「南公子，這裡可眞大呢！」那個叫南公子的男生笑道：「這是我老子的倉庫。」

這夥人又嘰嘰喳喳地說著話，往倉庫中心的集貨區走去。

阿紅和張弢本來想走，但聽到那人是南海富的兒子，心中怦然一動，便不由自主地悄悄跟在他們後面。阿紅心道：「梁胖子！他就是害苦你的人嗎？」

那夥人在南公子的指示下，拉出了一個木箱，又把箱頂翻開。

阿紅在遠處偷窺，看著南公子等人圍著木箱，搬出一些銅銅鐵鐵，它們的外貌就像是古代的兵器。

忽見南公子從中取出最大的一件，是一柄被巨大劍鞘包住的劍。在旁人協助下，南公子拔劍出鞘，「鏗鏘」一聲，竟是一柄寒光閃閃的鐵劍。

只見那鐵劍是雙刃劍，劍上有銘文和花紋。

雖然是從古墓出土的物品，但劍身居然毫無鏽蝕，而鋒刃亦薄如蟬翼，由此可見古人的鬼斧神工。

「這把劍很棒吧？」

南公子提著重劍，指向一個朋友，作勢要刺他。

那朋友嬉笑道：「南公子，別這樣指著我，我們全部人都對你奉若神明，有你帶領，你說的話我們哪會不聽的？」

南公子道：「我一見這劍就喜歡。我求爸爸給我，但他就是不肯……我就只好偷了。這樣的劍至少賣一百萬，我最近缺錢用，就拿它去賣個好價吧！」

其中一人道：「你說笑吧？家財萬貫的南公子也會缺錢嗎？」

南公子道：「當然喲！我認識的女人都是吸錢怪物，每次一坐上我的敞篷車，就要我帶她們到名店區去兜風。最近爲了玩那個梁胖子，我又花了不少積蓄呢，但爲了報一恥之仇，這些錢總算值得。」

「噢？那梁胖子和你有甚麼深仇大恨，要勞動你去整死他？」

「有晚我在酒廊喝酒，他做的不過是個拉琴的低級工……當時我和女人吵架，我大力摑了她幾巴掌，他竟然多管閒事，走下來喝我，又一個酒杯砸在我的頭上……雖然他後來被人開除，但我還是無法嚥下這口惡氣，於是就布局爲自己的尊嚴報復。」

「你逼他自殺了？」

「他削我的面子，我就要搶他的女友。他和他女友都由窮鄉僻壤出來，一到這個花花世界，自然就會目眩神迷，對金錢的力量大徹大悟。一比較，有錢的我自然比他優秀得多，他給她買不起的東西，我都會一一買給她……換了你是她，你也會跟我吧？」

這時南公子有點同情梁胖子，便貓哭耗子道：

「不過，我也玩厭了他的女人，正煩惱要怎麼打發她，想還給梁胖子，就不知他會不會接受我的好意……唉，他那麼努力存錢，說要和她結婚，我看了就生氣……他根本就是迂腐！他女人想要的不是結婚證書，而是發光的鑽石和ＬＶ！」

南公子的臉上不但毫無悔意，反而沾沾自喜道：

「不過那梁胖子眞是蠢材，交往了七年，竟然還沒有上床。我只用了半個月，就把他那個還是處女的女友弄到手，幾句甜言蜜語，幾個名牌包，再加上幾晚五星級酒店燭光晚餐，她就把甚麼都給了我……女人嘛，都是差不多的。」

「南公子眞厲害！」

「這世界就是這樣，有錢就可殺人不用坐牢，沒錢就要被欺負！」

「嘿！任何人得罪了南公子，都一定不會有好結果！」

竟連這種無恥的話也說得出口！他們到底是人還是畜生？

阿紅從未如此憤怒！

現在，她就要替梁胖子報仇！

57

在阿紅的眼中，梁胖子是個正人君子，儘管平日老是嘻皮笑臉，但他每每遇到看不過去的事就會挺身而出。

要是讓眼前這夥壞人逍遙法外，這世界還有天理嗎？

阿紅的右手向上一翻，毫無先兆，颯然一甩，五指間已多了一根亮錚錚的銀針。

就如魔術師變戲法一樣，從沒有人知道那針原先所藏之處，也無人曉得她是甚麼時候取出來的。

那針極細小，細小到幾乎看不見。

針，就是亞善的刀的眞正形狀。

在江湖上，「刀片」的名頭如雷貫耳，人們自然而然就有了錯覺，會以爲亞善的刀是一枚刀片——

卻怎樣也想不到，亞善所用的刀竟是一根銀針。

蕭刀門自古薪傳的刀，其力量來自古老的針灸術。

針灸術，乃針刺法和灸灼法的合稱，顧名思義，就是在中醫學中用針刺入人體穴位的醫術。

經絡者，所以能決生死，處百病，調虛實……針灸術遠在戰國時期已盛行，以人體經絡說作爲核心理論，扎針麻醉，扎針止痛，在不同的穴位下針，組合千變萬化，其效用也無窮。

蕭刀門的祕法兩千年來沒有失傳，針灸術在西方人的眼中，別稱就是「東方魔針」，亞善的刀自稱為「魔刀」，緣由正是在此。

亮出銀針之後，阿紅用手語向張嫯傳話，意為：

「你打個煙霧彈出去，我用『麻醉刀』去對付他們，然後再慢慢『折磨』他們……」

張嫯在心裡寒了寒，左思右想：

「阿紅眞的要用那招！來日哪個男人當了她老公，一輩子也別想對她不忠……這個、這個人會是我嗎……」

在亞善所授的針法之中，有一招名為「不舉刀」。如不懂解穴之法，中招者少則三年，長則十年，屢受到生不如死、不能人道的痛苦……蕭刀門的先人每當捉拿採花賊，就會用這一招來「侍候」。

對男人來說，「不舉刀」就是最毒辣的一招。

很絕是很絕，張嫯卻一點也不同情外面那一干人，因為他覺得那些混蛋受點教訓也是罪有應得。

如是者，按照計畫行事，張嫯裝上煙霧彈，開始分頭行動，潛行到最恰當的位置。再往中心區窺看了一會，肯定那夥人沒有察覺到異樣，再等到阿紅已就緒，就瞄準最佳的位置射出煙霧彈。

落地引爆，頃刻間煙霧瀰漫！

只見欄架旁一條人影飛出，闖入伸手不見五指的煙霧之中，瞥眼間黑衣棕髮，那人正是阿紅。

在一片紫色的煙霧之中，眾人一亂，有的駭聲驚叫，有的哇哇怒罵，在危慌之際大失所措。

阿紅就在濃霧裡行動自如，闔上眼睛，善用「聯感」，憑著這聽聲辨位的特能，逐個逐個湊近，依次一一刺倒。針上塗了祕藥，一刺入麻痺的穴位，哪怕是健碩如牛的硬漢，也包管他登時昏迷不醒。

這就是最常用到的「麻痺刀」。

先打出煙霧彈，再由阿紅刺昏所有人，正是阿紅和張獒合作時慣用的戰術，在當前的處境下，對方只是一般人，失手的機率很低。

濃煙依然瀰漫，卻已可見大部分景觀，朦朧中都是倒在地上的人。

阿紅已由煙霧中躍了出來，逕自來到日光燈下方。

張獒跳了下來，拊了拊掌，讚道：

「眞厲害，全被妳幹倒。」

阿紅的目光一直緊盯著前方，竟沒有片刻鬆懈。

她沉著臉道：

「不，還差一個。」

到底發生了甚麼變故？

張獒也隨著她的目光往前面看。

濃煙散去時，逐漸看到一雙腿，然後是個高大的漢子。

阿紅和張嫯不由得一怔。

那大漢直瞪著阿紅和張嫯，相貌有點凶惡，雙眼中隱現崢嶸的目光，而他身上最引人注目的地方，就是那柄斜擱在肩後的長鐵劍。

而那大漢手中握著的重鐵劍就是——

古劍．泰阿！

58

雙方隔著十來公尺對峙，寂然無聲。

那大漢是南公子一夥的人，原先是個不起眼的角色，但自阿紅施襲之後，他才露出本來面目，來歷極度可疑，就是不知這人有何意圖。

只見那大漢上上下下望過來，打量著阿紅和張獒兩人，本來額上的青筋逐漸褪去，但一見到張獒腰間的銀盤，眼神驟變，便又充滿了敵意。

張獒道：「你是誰？」

那大漢道：「我叫干將。」

阿紅心念一動，問道：「你叫干將？你是『九歌』的人？」

干將輕輕揮動手中的劍，昂然道：「小姑娘果然聰明。我叫干將，正是古代著名的鑄劍師。全靠你們的煙霧彈，我不費吹灰之力，就把這柄傳說中的泰阿劍弄到手。」

阿紅訝然道：「泰阿劍？」

干將道：「對，我手上的劍就是泰阿。南海富這文物販子，手氣好得出奇，竟被他挖出了傳說中的泰阿劍。」

泰阿劍的典故傳說，阿紅兒時曾聽秦箏講過。

相傳泰阿劍是一把神劍，由鑄劍大師歐治子所鑄。春秋時期晉國派兵圍攻楚國，楚王就帶著泰阿劍跑上城樓，對著城下的士兵使勁一揮，出劍之時，一團磅礴的劍氣激射而出，霎時遮天蔽日，戰場上飛沙走石，晉國兵馬竟在頃刻間血流成河、全軍覆沒。

傳說終歸是傳說，但古時鑄劍技術水準之高，即使是現代科學也造不出同等級數的傑作。舉例來說，在一九六五年有項考古發現，掘出了一柄精美絕倫的青銅劍，透過解讀劍身上的銘文，證明是越王句踐的佩劍。

越王句踐劍之謎，在於它千年不鏽的奇蹟，一說是劍身被鍍上了鉻，而鉻是一種稀有金屬，地球含量低而提取難，其熔點亦在四千度以上。鉻的發現是近代化學界的事，不足二百二十年，與春秋五國時期相距二千年以上，然而古人竟能擅用這樣的技術來鑄劍，令人震驚之餘，又令人百思不解。

干將撫著劍身，然後將整柄劍倒握向下，再將一塊似玉的東西嵌入劍柄。

阿紅呆呆看著他完成這一連串動作，又聽到干將開口：「這柄劍是古代軍事科技的結晶，它的構造比你們所想的更複雜。只有我才知道它眞正的用法。」

但見干將伸了伸腿，就將躺著的南公子踢反。

然後他把劍鋒抵在南公子的喉頭上，一刺，穿了下去。

「這些蠢驢，活在世上眞是礙眼。你們不敢動手嗎？」

阿紅和張犖均呆住了。

干將在那堆人之間走動，一劍一個，刺入咽喉的正中，血水便由那個窟窿直噴而出，被殺者全在昏迷之中斃命。鮮血瀉滿一地，此情此景氣氛怪異，恰似來到滿地是泉眼的廣場一樣，不過湧出來的是高低起伏的血柱。

「你倆太嫩了，明明是想殺死這些蠢驢，偏偏又不敢動手。」

阿紅和張獒默然看著這一幕，完全作聲不得。

眼前的人肆意殺人，彷彿只爲了一試劍器的鋒利。

干將終於將地上的人殺光，滿意地抹走劍尖上的鮮血，又道：

「人們總以爲愈古愈落後，卻不知古文明藏著很多祕密，未必不如我們現在的科技先進……譬如說，假如人類覆亡，文明重新開始，我們的後人拾到一張記憶卡，你說他們會想到記憶卡是用來儲存電腦數據嗎？」

阿紅和張獒總算回過神來，怒意陡生，狠瞪著干將。

干將殺意正盛，瞟了阿紅一眼，又正面瞟著張獒腰間的銀盤，獰笑道：

「你們有兩條路可以選擇，一是乖乖交出銀盤，一是分屍魂歸天國！你倆是敵不過我的，我敢殺人，但你倆不敢。」

張獒舉槍，向著干將的胳膊，喝道：

「那我就將你射成殘廢吧！」

說也詭譎，陡然間，一種不對勁的感覺襲來，張獒被這種預感驅使，然後就不知不覺地後退了半步。

干將就在那一瞬間砍出一劍。

這劍簡直是匪夷所思，明明相距十來公尺，他卻那麼用力揮劍，只像往半空虛劈一圈，砍的是空氣不是人。

怪事發生了！

忽然間，張嫢眼前的槍管咯然斷開。

——如破竹一樣斷出一條裂縫。

說時遲，那時快，出自本能的直覺，張嫢和阿紅已退開數丈，隨即各自分頭逃逸……狼狽是狼狽，但總好過死得不明不白，未弄清對方的底蘊就再被暗算。

如同玩捉迷藏一樣，干將變成了抓人的鬼。

張嫢開步快跑，先避開鋒頭再作打算。

這倉庫大得出奇，擋住視線的貨架、雜物和牆柱又多，也不愁找不到地方躲藏，阿紅早已逃得不見形蹤。另一邊的張嫢也受過專業訓練，腳步的聲響極小，喘息聲微不可聞，干將要找他就是難上加難。

來到一處停下，遠遠地隔著一段距離，就算對方逐排逐排搜索過來，也需三、四分鐘不可。

張嫢躲在一個木箱後面，換過後備手槍，上滿彈匣戒備。

回想剛剛的一幕，仍是心有餘悸，趁著這個時候，便細想那劍的祕密。張嫢大惑不已，暗道：

「那柄劍……有古怪。」隔著那麼遠的距離，對方只是劈空揮出一劍，槍管突然無故斷裂，猶如是被一把隱形的利刃割開。

且慢……隱形的利刃？

難道就是……

張勢腦裡突然間靈光一閃，正當差點兒就想通那泰阿劍的祕密，一絲無聲無息的寒芒已自他的胸口劃空而過。

通體無形劍氣！

一條血痕在張勢的胸口乍現，然後鮮血噴出！

59

這是一種力量，一種超乎常人所能理解的力量。

這是一種文明，一種穿越遠古來到現代的文明！

那一劍砍下之後，木箱一分爲二。

張揳自知身處險境，立刻負傷逃去。

鮮血汩汩流出。

一瞥眼，傷口原來很深，再不施救，隨時會失血致死。

張揳掩住胸口，腦部一陣發麻，才走不了幾步，就有一人迎面而來……

意識迷糊之間，只見那人就是滿臉緊張的阿紅。

止血刀！

阿紅一湊近張揳身邊，就用銀針刺入他的胸口，封住幾處穴道，總共用了四枚銀針，施展出渾身解數，原來就是爲了要替張揳止血。

這招「止血刀」除了減緩血脈流速，還可令傷口在極短時間內凝血，但副作用就是會令傷者昏厥一陣子。

阿紅背對著背，揹起張揳的身子，心想與其找個地方藏匿，倒不如從這個倉庫脫逃。

這倉庫不只一個出口，阿紅當機立斷，就朝著遠離干將的出口邁進。

阿紅挎著張獒行走，動起來不夠靈活，但她平日訓練有素，要東躲西跑也不成難題，敏銳的聽覺更成了她的重要防線，一有空瑕就用「聯感」來探知干將的方位。

走了一會，阿紅開始感到奇怪，因爲無論她去到哪裡，干將竟也朝著相近的方向移動。

阿紅停下來看了看，肯定自己身上沒追蹤器，便想：「爲甚麼會這樣？他好像一直知道我們的行蹤……先前他也找到張獒的躲藏點，莫非他也跟我一樣，擁有超強聽覺和『聯感』的異能？」

這倉庫裡有不少老鼠，一見到阿紅就往四處亂竄。

那干將彷彿是一頭獵犬，嗅著阿紅的氣味來追捕她。

阿紅是兔子，打不過他，一碰上就是必死無疑，這時沒心機琢磨干將的祕密，便只好繼續直跑，走一步算一步。

轉到一處，竟瞧見有排鐵欄杆擋住了去路。

倘若身上沒有張獒這負擔，阿紅一定可以攀跳過去，如今別無選擇，就只好從這裡拐彎，繞回原路，當作走了一段冤枉路。

繞了這段小路，阿紅豎起耳朵，卻發現了一件怪事，不由得暗自思索：「不！那傢伙要是有跟我一樣的『聯感』，就一定會走最短路線來捉我。但我繞向一邊，他也跟著我繞到那邊，可見他不是用聲音來定位，他一定是用別的方法來知道我的所在……」

但對方到底用甚麼方法來測定她的位置，阿紅一時之間又無法看透。

再跑一會，終於到了盡頭。

「咦！」

到了另一端的出口，阿紅才發覺門已上鎖，心中暗罵自己是大笨蛋。

門上是先進精密的電子鎖，換成平日，本來用三分鐘左右就可解開，但這片刻已是生死攸關的關頭，如果干將在這段時間內趕至，那她和張獒便只有挨斬的份兒。

阿紅心想這樣不行，一回頭，唯有折回另一邊，也就是原先進來時的出口。

這時干將愈來愈近，阿紅引得他再近一點，就故意繞了個大圈子，從底端直奔牆角，直角轉彎，深呼吸一口氣，再沿著側牆疾步衝向路的盡頭。

從那裡進就從那裡出，阿紅全力奔跑，一方面要負載張獒沉重的身子，一方面又要理會干將的位置。路程不短，又不能歇息，累得她上氣不接下氣，體力幾乎就要支撐不住。

干將非常狡猾，一直守住這地方的中軸，而唯一的出口正好在中軸之上，要是阿紅貿然闖出來，他隨時就可用無形劍氣傷人。

只聽干將一路用劍氣斬開雜物，以斜角的路線逼近。

這短短的半分鐘，真是步步驚心、秒秒關鍵！

就快到了！

阿紅一定要比干將快上五秒以上，緊貼牆壁避開伏擊，趕在那傢伙揮劍之前，急步拐彎從那門口竄出去。

前面是最後一行貨架，穿過它，再走一段小路，門口即將在望。

阿紅從一排貨架下面鑽過去，以爲是捷徑，怎料鑽了出去，眼角一瞟，只見路中心停泊了一台起重車，有了這樣的阻礙物，剩下的空隙不足以讓她直奔通過。

事到如今，便只好側著身，貼著牆，緩緩繞到另一邊。

阿紅勉強從那條小縫出去之後，頓時察覺不妙，因爲干將知她即將抵達出口，便突然加快腳步追殺，現已來到了相當接近的位置。

一陣急風似的無形劍氣在阿紅前面掠過。

倏忽之間，眼前有欄貨架倒塌下來，儼如砰然炸開，夾雜著灰塵，鋼架和貨物便如碎屑和敗瓦一般，堆滿了一地，堵住阿紅唯一的出路。

干將正緩步從貨架塌後的缺口走出，提著利劍，殺氣騰騰地盯著阿紅。

阿紅臉色發白，暗暗驚叫：「無處可逃了！」

敵人就在眼前，阿紅儘管極不甘心，還是退後了幾步，背部就碰到了起重車，這情況就等於被逼入了死胡同。

無路可逃的死角！

干將先攔在窄路中心，然後一步步逼近過來。

這個距離已是劍氣覆及的範圍，阿紅要是冒險衝過去，說不定就會被切個一屍兩件，死在這個又僻又冷又有老鼠的倉庫裡……要是拋下張By的身體，她還有機會來得及撲向旁邊的貨架，但她又無法置張嫯的性命於不顧。

阿紅心道：「慘了！這下如何是好？莫非要和張嫯命喪黃泉於此，做一對苦命鴛鴦？」

只見干將的後面就是出口，費了一大番工夫，現在都是功虧一簣了。

正當阿紅萬分焦急卻又束手無策之際，遠遠地聽到一陣急促的腳步聲，由遠而近地來了上面。

然後，在門口那邊，突見一個揹負劍鞘的少年——

阿紅的救星來了——

那人竟是賴飛雲！

60

螳螂捕蟬，黃雀在後。

原來賈釗也布下天羅地網，預料南海富在東窗事發後，一定會派人到藏贓的地方銷毀證據。於是乎，由他帶領的部隊，早在南海富的所有車輛上，都設置了GPS全球衛星定位追蹤器。

當場拘捕了南海富之後，賈釗即時派人包圍倉庫一帶。

賴飛雲帶頭過來支援，但這裡的大倉庫共有三座，就是不知司機到了何處。特遣人員封了幾個重要的出口，伺機在外，再等賈釗的指示行事。

賴飛雲突發奇想，感到某一座大倉庫裡有異常，不知是甚麼感覺作祟，就逕自當急先鋒衝到上層，正好做了自己姊姊阿紅的救星。

干將轉身看看是誰上來了。

就在這匆匆的一分神間，阿紅已經乘機開溜，竄入牆邊的隘道裡，由於被張獒的身子遮住，因此賴飛雲竟瞧不見阿紅的樣子。

干將狠狠瞪著賴飛雲，以爲他和阿紅是一夥的，心道：「那娃兒是一介女流，不足爲懼，還是先斃了你這小子再說！」又因他而錯失了殺她的良機，斗然大怒，便舉劍上前廝殺。

眼見干將欲不利於小賴，阿紅出言提醒：

「小心！他的劍能隔空傷人！」

一般來說，聽到這樣的話，其他人都會摸不著頭腦，但賴飛雲與阿紅是雙胞胎姊弟，彼此之間彷彿有種心靈相通的感應，他一聽到阿紅那番話，竟然無端端就明白了當中的意思。

賴飛雲想也不想，一見干將來勢洶洶，即刻拔劍出鞘，對著干將疾躍，從空傾盡臂力一揮，打算先發制人來強使干將放手棄劍。

怎料干將比他想像中強悍得多，硬生生擋住了他這一劍。

噹！兩劍激盪！勢均力敵！

賴飛雲虎口一熱，以防對手反擊，一下地就急蹤跳開。

干將一站開幾丈，旋即把劍側舉，大喝一聲：

「看你怎麼躲！」

只見干將用力掄起鐵劍，身隨腰轉，一下豁勁向橫揮劍，終於要使出掃蕩一切的無形劍氣。

整個半圓都是劍氣所及之處！

在這節骨眼兒上，賴飛雲自知絕難避向一邊，身隨意動，竟然提膝縱躍，一下子在空中避過了那恍若無物的劍氣。

賴飛雲一個騎馬式落下，然後不敢怠慢，彈地縱躍上前，將劍法施展開來，再度展開急攻。

只見他招隨心轉，急風驟雨的攻勢一浪接一浪，竟攻得干將踉蹌後退幾步。

賴飛雲使的是一套稱爲「永字八劍」的劍法，當中蘊含書法的變化，點橫撇捺都一一融入招式之中，而且勁力雄渾非凡，即使是尋常的木劍，一旦砍中對手，也能折筋斷骨，做出「入肉三分」的效果。

賴飛雲有如行筆般揮劍進攻，潑墨成雲，瀟灑豪邁，時而龍蛇競走，時而鐵畫銀鉤，上三路下三路，橫削斜挑，在這猛烈的攻勢之下，干將只可盡用守招來招架，連喘息也甚爲困難。

再鬥了一會兒，賴飛雲往後一瞥，卻見干將方才那劍所砍的方位，遠端的貨堆已被凌厲的劍氣砍出一條長痕。不看還好，這一看就是怵目驚心，要是沒聽到阿紅的提示，恐怕他現時已身首異端。

賴飛雲和干將已互交數十劍，各自都吃了一驚。

劍逢敵手，旗鼓相當！

干將卻開始發難，仗著泰阿劍的神奇破壞力，大違劍理地隔空揮劍，竟逼得賴飛雲時進時退。畢竟「永字八劍」中以跳躍劈劍的招式居多，但賴飛雲顧忌干將的劍氣，如果貿然跳起，人在空中便無法閃躲，是以處處受制，有很多犀利的劍術還是無法發揮出來。

這時干將忽然佔了上風，見對手使的是木劍，心想：「就和你互砍一劍，看看誰先死吧！」順著劍勢，他竟讓自身的門戶大開，採取同歸於盡的打法，大步踏到賴飛雲的跟前，刺出一劍之後，隨即轉過手腕，借助鐵劍的重量又砍下一劍。

賴飛雲沒料到對方耍詐，避得開第一劍，卻避不開第二劍。

干將的劍已經來到面前！

砍中肩膀！

但只砍入了四分之一吋，整柄劍卻倏地往反方向彈開，差點震傷自己的胳膊，就如受到一股異力的排斥一樣。干將感到驚愕萬分，卻不知泰阿劍的質地是鐵，而賴飛雲在危急時會有磁氣護體，因此被砍中了也狀若無事。

賴飛雲乘著這個空隙，立時反攻一劍。

干將到底是高手，及時側身閃過，但左肩還是中了一招，痛徹入骨。兩人雖然各自中劍，但吃虧的反而是干將，賴飛雲受創較輕，肩上的傷口不深，沒傷及筋骨，便立刻挺劍上前搶攻，一邊流血一邊戰鬥。

劍來劍往，又鬥了十餘招。

一個有看不見的磁氣護體，一個用無形的劍氣施襲，誰也佔不了上風。

干將尋隙進攻，心中盤算：「這小子恁地古怪，眞想不通爲何砍不到他……就當他練了鐵布衫之類的功夫罷，要殺他，唯有用劍氣！」

干將一有機會就拉開距離，打算用無形劍氣來殺他。

這邊兩人繼續纏鬥，在遠處的另一邊，阿紅已逃到了安全的地方。阿紅把張獒的身子擱到一邊，發現張獒縱然在昏睡當中，竟也死命握住手槍不放。

阿紅扳開張獒的手指，借了他的手槍一用。

她一心念著小賴，料想干將和他必定在激戰之中，不禁動起了相助的念頭，就想找個適合開槍的位置暗算干將。

阿紅的身手敏捷，腳步也很輕盈，很快就回到入口附近，偷偷摸摸，躲在一個隱蔽的地點。貨架上下三層，幾行貨架之間，也有容子彈通過的空隙。在那裡，可以清清楚楚地瞄向干將的背脊。

但當阿紅正要拔槍，干將彷彿知道她在那裡，很巧妙地挪步到另一邊，藉賴飛雲的身體作爲阻擋。

這樣一來，她也不得不打消開槍的念頭。

阿紅疑心大起，自思自語道：「咦！爲甚麼？他是怎麼知道的？」

61

吱……

阿紅不時聽到一些奇怪的聲音，但究竟是甚麼聲音，一時之間又說不出來。

只見干將和賴飛雲仍在激戰，兩人愈鬥愈凶險，前者較擅長利用地形的優勢，突施奇襲之餘，已慢慢將賴飛雲引到較空曠的中心區域。

「哼！我就是不服氣，再試一次！」

阿紅有如凌空迴翔的飛燕，在隔板與地面之間疾躍，一踹地即起，這番身手練來不易，既靈活又敏捷，堪稱是遁跡潛形的輕功。

轉了一處地方，阿紅以為干將的眼睛再靈光，也絕不可能在專心比劍期間追得上她的行蹤。

就在她又再舉槍的時候，干將轉眼間已疾繞到對面，賴飛雲本人尚未知覺，卻已當了干將的擋箭牌。

「為甚麼？我一直在他背後走，他怎會瞧見我？」

阿紅惱火非常，自知無法得手，便從架上跳了下來。

吱……

那一種怪聲又出現了。

它的音頻極爲古怪，細微而尖銳，好像是小動物的叫聲，普通人未必聽得到，但阿紅的聽覺異於常人，那樣的聲音自然被她聽得一清二楚。

阿紅緩緩側過了臉，集中精神留意四周，卻見角落處有東西在竄動，有幾對閃著紅光的眼睛……

再定神看了看，發覺牠們只不過是老鼠。

阿紅本也不覺有異，但這一刻心念如電，立時便想到：「老鼠？奇怪，這裡又不是廚房，衛生不差，爲何會有這麼多老鼠？」摒除雜念之後，只注意老鼠的蹤跡，霎時有了意料之外的發現：在這裡竟有很多老鼠散布在不同的位置。

在那短短數秒間，阿紅又做了個實驗，這一邊起跑，那一邊止步，結果和她的設想毫無二致，相近的老鼠就像哨兵一樣發出叫聲。

儘管難以相信，阿紅再無置疑，恍然道：「他……懂得和老鼠溝通？這些老鼠都在幫他通風報信？」

阿紅抱著姑且一試的心態，右手心在半空打了個圈，指尖之間已多了一排刀片。眼裡盯著一隻又一隻的老鼠，使出祕招「五指連環弩」，迅即彈指，將刀片飛射過去。

阿紅暗裡喊道：「死老鼠！死老鼠！」

嗦嗦嗦嗦，一片飛刀一隻死，興奮得有如到了「滴滴尼樂園」一樣。

另一邊廂，干將仍然和賴飛雲鬥得難分難解，用的始終是游鬥的戰術，一下急攻又一下撤退。

干將豎起耳朵靜聽，突然再無老鼠的提示音，正覺奇怪，馬上又想到是怎麼的一回事，暗暗咬牙道：「哼！她發現了！」

此時賴飛雲又湊近過來，爲了擋他，干將一連刺出了兩劍。

兩劍當中，其中一劍蘊藏無形劍氣。

儘管賴飛雲往旁打滾避開，小腿還是被劍氣擦傷。

賴飛雲三番四次從死裡逃生，這時已發現了泰阿劍的弱點——

但見干將每次用完無形劍氣，必須相隔一段時間才可再用，情況如同「充電」。否則的話，干將連續揮出劍氣，向著他左右來回揮斬，他無法永遠滯留在空中，到時只怕有十條命也賠不完。

再鬥一會兒，干將忽然向後撤步，擺出出劍的姿勢。

賴飛雲見他正要向橫畫半圓揮劍，便知他即將要使出無形劍氣。

就在這一刻，賴飛雲逮住這個破綻，涉險衝到干將跟前，乘著對方揮劍之際起跳，再在高高躍起時蓄勢發出凌空一劍。

賴飛雲本以爲可以一擊得手，卻在剎那間看到干將嘴角的冷笑，霎時驚想：「我中計了！剛剛那招是虛劈，他沒有用到劍氣！」

只見干將就快要由下而上直斬，賴飛雲急中生智，在半空中捏了個劍訣，陡然變招擊向泰阿劍的劍柄，逆其道而行之，順勢向下扳，使得干將無法向上舉劍。

兩劍交鋒鏗然擦出爍爍的火光！

鬥力之際，由於賴飛雲的劍壓在上面，一下子佔著先機，翻腕就豁盡全身力氣斬向干將的側胸。

中！

干將全身晃搖激盪，痛叫一聲之後，卻沒有倒下，遂而倒握劍柄，拳頭也似地捶向賴飛雲的太陽穴。

賴飛雲一直只顧避開劍刃，沒料到會有此一著，一忽兒身子虛浮，便連人帶劍飛向貨堆之中。

倒下的時候，木劍從他手中鬆脫，原來已被揍至昏倒。

干將啐了一口痰，摸了摸胸口，痛得死來活去，始知肋骨已碎了幾截。

干將回想方才的驚險，氣呼呼道：「你奶奶的！假如這小子用的是眞劍，老子已經死了。」

原來連他自己也不知勝得僥倖，劍柄非鐵所造，他一時頭昏腦脹隨便出手，才帶點運氣將賴飛雲打暈。

只見賴飛雲臥地不起，眞的踢他一動也不動。

干將怒不可遏，對著賴飛雲的頭顱，高舉起泰阿劍，大聲道：

「你就在這裡長眠吧！」

正要下劍，腦後忽然出現一個少女的聲音：

「說得對，你就好好睡一覺吧。」

干將一聽到這句話，就立即失去知覺地倒下了。

62

阿紅像貓一樣悄無聲息地來到干將的身後。

麻痺刀！

出手時，又快又狠。

縱使是一個身披甲冑的猛將，頸背也是他的弱點所在，加上干將全無防備，忽視了阿紅的存在，老鼠又已被趕盡殺絕，因此才會被阿紅乘虛而入。

只要刺中要穴，即使是健碩如牛的人也會倒下。

干將雙眼滿布紅絲，很想回頭看一眼。

但他無法動彈，全身已咕咚向前摔倒。

阿紅暗中鬆了口氣，勉強擠出一個微笑。

「好險呢……差點就趕不及了。」

張獒也在不久前悠悠醒轉，首先想到的就是阿紅的安危。他撐著上半身站起來，只見自己胸口的血疤已然凝固，痛是有點痛，走動已不成問題。

他循著打鬥聲的方向去找人，忽聞聲音靜止，心下忐忑不安，便加快了腳步，卻沒想過自己沒有武器在手，假如遇到敵人也只是出去送死。

未到那裡，已見阿紅正將干將移到柱邊，然後取出獨門的銀絲線，來個五花大綁，端的是繩技了得，把干將緊縛在柱上，哪怕麻痺刀的效力一過，他醒來後必然是連胳膊也動不了。

阿紅往那邊扭頭一瞧，看到滿地的慘死少年，也爲他們生起了惋惜之情，心想他們縱使是惡有惡報，但說到底也是幾條人命嘛……阿紅悻悻然瞪了干將一眼，恨不得在干將的身上塗上「殺人凶手」四字。

張㷊想到自己在緊要關頭昏倒，無法好好保護阿紅，便感到愧疚萬分，近乎無地自容的地步。

「阿紅，對不起。」

「你沒事吧？傻瓜，有甚麼好道歉的？今晚的事恁地古怪，全然無法用常理去解釋……」

「眞想不到，『九歌』的人竟然也是爲了銀盤而來。」

阿紅對那銀盤感到好奇，便向張㷊借來一看，這一刻細心留意盤底的圖案，不由得遽然變色，雙目煥然一亮。

她把盤底向著張㷊，開悟道：

「你看這只銀盤上的圖案……是不是跟某件東西很像呢……」

阿紅和張㷊對望了一眼，同聲道：

「紅粉佳人！」

兩人的意思並非說那項鍊上的鑽石，指的當然是那陪襯用的月形金飾物。

一直積壓在心中的疑團豁然而釋，原來亞善叫他倆去偷那項鍊，又在兩日後向馬家歸還寶石，致使失主和警方直呼撲朔迷離，但又有誰會料到賊大哥竟然不要寶石要金飾？

亞善的眞正目的是要取得銀盤的缺塊。

這些銀盤確然不是尋常的古董，看來眞的重要得很，有可能藏著鮮爲人知的驚世祕密……

如獲至寶一般，張獒收好銀盤，也拉緊了皮褸，藉以掩蓋胸口上的血跡。

只見賴飛雲仍在昏厥當中，阿紅不能自已地朝他走近，想到自己適才被干將舉劍相向，全是靠弟弟小賴及時出現，她和張獒方可死裡逃生……

——姊，我會保護妳的，不許別人再來欺負妳。

阿紅稍微俯下身子，仔細看著小賴的臉，憶起弟弟童年時許下的承諾，心中感到一陣暖意。

阿紅便湊近他的耳邊，輕聲道：

「小賴，謝謝你保護了我……你已是個男子漢。」

張獒把阿紅的柔情看在眼裡，記得某年中秋某年月夜，她曾向他傾訴過對弟弟的思念，眼下見這對姊弟重逢，禁不住莞爾而笑。

張獒咳嗽了一聲，低聲細語道：

「過了今日，其實，妳可以和他見見面、聊聊天……」

阿紅卻用力搖頭，發愣道：

「不……我不介意讓他知道我是賊，但我不想讓他知道他的姊姊沒死，我怎麼說也騙了他這麼多年……」

阿紅看了弟弟最後一眼，便抹抹膝蓋站起來。

「走吧。」

少女的聲音若有若無。

阿紅和張嫯的影子照在門板上，然後就倏地縮成一小團，最後不留下痕跡地消失不見。

63

傍晚的霞色渲染著仿古的瓊樓和街道。

阿紅和張嫯正在廣場上踱步。

和緩的風，細碎的腳步……當日是阿紅的生日，她本來只想靜靜地過，直到張嫯苦苦磨纏之後，她才肯答應跟他出來吃晚飯。

張嫯胸口還包著繃帶，之前到俠醫于立山的診所治理傷口，已康復得差不多了。他今日穿了件襯衣來遮掩繃帶，上身是白色西裝外套，打扮得體，就是爲了和阿紅吃燭光晚餐。

阿紅踢著高跟兒鞋，將圍巾輕輕一扯，滿腹牢騷道：

「亞善太可惡啦！甚麼都是瞞到最後一刻才說！」

話說當晚阿紅帶著銀盤回去交差，亞善見她尚有精神，便談起了她爸爸的事，感慨萬千地述說他與師父之間的往事，又詳盡道出蕭刀門的歷史，當中也包括了世界浩劫的預言和咸陽宮銀盤的祕密。

在二〇一二年的十二月，將會有人類歷史上最可怕的災難發生。

至於是甚麼樣的浩劫，現在時辰未到，還是不得而知。

原來當時亞善在南海富的家，故意隱瞞了部分眞相，在談到祖師爺的遺訓時，說漏了「入秦陵」三字。

如此一來，祖師爺自古留下的遺命，全句乃是：「精盜術，蒐銀盤，解鐘祕，入秦陵，得卞和之玉。」

亞善特意避重就輕，就是擔心賈釗得知眞相，就會阻撓他做出那麼荒唐的事……要知道盜墓是頭等大罪，如果被警察抓住，就是不被槍斃，也會被判個無期徒刑。

亞善和賈釗的關係微妙得很，雖然視對方爲知己良朋，另一方面又互相對立，正如亞善所說：「有些娘娘腔的朋友會寫交換日記，我們就會寫『交換情報』，合力擔當賊界與警方的橋樑。」

阿紅初聞此言，下巴沉了一沉，心想：「這種友誼關係很明顯就是互相利用吧！」

其實亞善本想在阿紅滿十八歲時，便將這麼一大堆事兒和盤托出，沒想到事情如此巧合，她居然也到了南海富的宅第，反正都是差不多的話，便乘機向她透露重點，倒是省去了一大番唇舌，又免去了打開話匣子之苦。

……

張熒和阿紅在灰褐色的路上漫步。

兩人走著走著，面前忽然來了個小女孩，淘氣地笑著說：「哥哥，買不買玫瑰花？」她正挽著竹籃，向路人兜售紅色的玫瑰花。儘管張熒和阿紅沒有牽手，但兩人一俊一俏，在那小朋友眼中就是一對情侶。

張熒淺淺一笑，就掏錢出來，幫那女孩買下所有玫瑰花。

阿紅看著這一幕，心裡直打哆嗦，差點就要說：「你幹甚麼？你少來這一套，我是不會受用的！」

卻沒想到張嫯將玫瑰花拿作一捆，就將花兒轉了一圈，放回小妹妹的手心，笑著道：「妹妹，妳很可愛……請收花，這些花是我送給妳的。」

那小妹妹略懂害羞地垂著頭，蹦蹦跳跳地離去，回頭向張嫯笑了笑。

阿紅自知表錯情，會心一笑，感嘆道：「我小時候也賣過花，但繞了半天也沒人幫我買花，可能是我長得不夠可愛吧！」

張嫯道：「我們的阿紅小姐眞是謙虛呢……要是賣花的女孩像妳，我就不只買花這麼簡單嘍……」

阿紅道：「那你會怎麼做？」

張嫯道：「我會……我會買她一晚。」阿紅忿然就向他胸口揍了一拳，痛得張嫯哇哇大叫。

其實，張嫯本來想說的話是：「要是賣花的女孩像妳，我會娶她爲妻呢……」

張嫯帶阿紅來到一堆廟群之中，四周都是小青瓦的頂，還有烏紅的柱子。沿途所見，琳琅滿目，皆是擺賣土產百貨和古玩字畫的店家，還有幾家著名的茶樓酒肆，下面都擠滿了外國來的旅客。

穿過園口，在張嫯半拉半推之下，阿紅就登上了高樓。

在高樓上，在塗滿紅漆的木門外，在晚霞掩不住的餘暉下，仍是一大堆飛檐翹角、雕樑畫棟的仿古建築。

就在這裡看一會兒夜色吧！

對著張獒，阿紅無所不談。

她又說到，她一連惱了亞善幾天，但亞善不爲所動，後來倒是她拜託他買份昂貴的生日禮物作爲賠罪……昨晚淩晨，亞善眞的爲她準備了禮物，參照過往的經驗，阿紅本來也不抱任何期望，結果收到的是一個白信封。

亞善道：「裡面的東西值五千元。」

阿紅竊喜道：「是支票嗎？」

沒料到拆開一看，竟是三張航空機票，一張印上了亞善的名字，另外兩張就是給她和張獒的。

「蕭刀門第六十四代傳人，這使命妳接是不接？」

原來，亞善就是要她作一個決定。

接受使命的話，就在後天到機場會合。

……

當著張獒的面，阿紅痛罵一頓：

「亞善這個人！他每年送我的生日禮物，從來都沒有好東西！」

其實她這話也不盡然，亞善待她應允之後，又給了她一面玉製的令牌，原來就是象徵蕭刀門傳人身分的信物。阿紅接過令牌，開玩笑道：「我可不可拿去賣？」阿紅口是心非，佯作不悅，心裡卻是滿高興的。

她想到了爸爸，便向亞善問起：

「我爸爸是個怎樣的人？」

亞善想了想，就回答說：

「一個嫉惡如仇、絕不輕饒奸徒的好漢。」

阿紅深深一笑，顯是深深以父親為榮。

……

紅樓之上，回過神來，耳邊是張嫯的話聲：

「妳決定要去嗎？」

阿紅毫不猶豫，撓著雕欄點了點頭。

「世上有壞人，也有好人，也有些不好不壞的人。但無論如何……我都想守護這世上的所有人，讓每個人都得到幸福的生活。」

張嫯也暗暗作了打算。

「無論妳作甚麼決定，我都會陪妳。」

他要像侍衛一樣守護她，永遠待在她的身邊。

張嫯忽地抓住了阿紅的手，將她帶到樓台另一邊。

「你幹甚麼啊？」

到了另一邊之後，阿紅頓時怔住，抿住雙唇……而發笑。

原來張獒早有準備，著眼所見，對面樓閣的頂上搭了個小棚，棚中堆放著白玫瑰和向日葵，絢麗奪目，都是阿紅喜歡的花，還掛著一條紅色的橫額。

那橫額上的賀詞是：

「『豬』妳十八歲生日快樂！」

張獒悄悄取出氣槍，瞄準那橫額上的標記，射出一顆塑膠子彈。

忽聞一下輕微的爆破聲，似是觸發了甚麼機關。

霎時間，一大堆螢光的氣球在空中紛飛，與淡淡的霓虹燈互相輝映，盪漾在又紫又紅的夜景之中，惹來不少途人的注目。

阿紅「噗哧」一聲笑了出來，捏了張獒的膀子一下，嘻嘻道：「你這老土怪！這麼噁心……嘔心瀝血的事兒也做得出來！」

張獒趁機拿出藏在袋裡的另一支槍——

泡泡槍！

他向著阿紅，射出一串串透明的泡泡球。

阿紅渾身都被泡泡球弄得濕答答的。

她和他一起展顏歡笑。

旁邊，兩個小樽，兩個嘴巴，吹起泡泡球。

一個又一個的泡泡球迎向晚霞。

泡泡球在飛，冉冉悠悠，醉醺醺似地，如白酒揮發般溶入風裡，散發出洗潔劑的香氣。

那一剎那，心靈深處，彷彿寂天寞地。

老曲的旋律一縷縷地裊繞，微笑在少女的臉上浮現，她正哼唱著一首歌謠：

「在浮光掠影的黑夜，在螢火紛飛的街道，和你分享我的音樂，靜靜守在你的身旁，終於找到希望之光……」

同年・湖北省博物館

64

機場候機室。

亞善正在打瞌睡。

他眼簾下來了兩對鞋，來人正是阿紅和張獒。

「我決定要去。」

阿紅下定了決心。

亞善朝著他倆一笑，閒話不多說，就一左一右牽著兩人的手臂，一起到航空公司的櫃位辦登機手續。由於坐的是內陸機，去的地方又不算太偏僻，阿紅心想日用品到處都有售，所以帶去的行李也不多，一切從簡，輕裝上路。

到了飛機上，阿紅仍不知亞善的主意，有個問題她急著知道答案，便向亞善發問：

「和氏璧不是在秦陵裡嗎？秦陵在西安，我們爲甚麼要去湖北？」

「因爲我們要先見一個人。」

「見甚麼人？」

亞善雙手掐住嘴巴，做出扯上拉鍊的動作。

又是這副神祕兮兮的樣子！

阿紅簡直被活活氣死，恨不得將亞善拋下飛機。

窗外的景物開始傾斜，便在湖北省武漢的天河國際機場著陸。

出了機場，亞善帶頭，上了出租車，和司機議好價錢之後，繞路到酒店卸下行李，還來不及吃晚飯，就繼續乘車趕路。

駛出市中心，目的地是東湖。

「先生，你要去博物館？這時間已經關門啦！」

「繼續開車，我有朋友在那裡等我。」

原來亞善和「神祕人」約好在湖北省博物館外見面。

阿紅心中驀然一動，記起組織中的一個人物，而這人與她自小認識，卻從來沒有露過面……

「我們要去見『隱客』，是不是？」

亞善施施然一笑，阿紅便知她的想法果然沒錯。

鄰近長江，東湖之濱——

湖北省博物館。

亞善、阿紅和張嫯抵達正門，離約定的時間也差不多了。

三人之中，就只有亞善見過「隱客」。

「隱客」到底是個怎樣的人？

那邊的樹影下，一人從出租車中出來，引起阿紅和張嫯的注目。首先看到的是一雙油亮的皮鞋，沿著鞋尖看上去，就是個穿著深黑色西裝的男人。

那男人一瞧見亞善等人，便半奔半行地走了過來。

不待那人走近，亞善已上前相迎。

阿紅和張嫯緊隨其後，也看清楚了那人的相貌，只覺對方臉上的兩條傷疤很顯眼，但他笑起來的樣子又很友善，那兩條傷疤就似貓鬚……

那人對著阿紅伸手道：

「幸會幸會。」

這位哥哥就是「隱客」嗎？

但「隱客」好像不是內地人，因為他的普通話實在……不敢恭維。男人介紹自己，連說了幾遍，阿紅還是不曉得他姓甚名誰……於是他索性向阿紅遞上名片。

阿紅唸出名片上的內容：

「樊系數博士。」

阿紅不禁有點愕然，對方看起來只是二十五、六歲，竟已是頂尖大學的博士……眞是聰明得令人難以置信。

樊系數繼續說普通話，慢慢道：

「妳的生日是三月一日嗎？」

阿紅輕輕點了頭。

「對，和鋼琴家蕭邦同一日。」

樊系數搔了搔頭髮，嘻嘻一笑：「妳的生日和蕭邦一樣，我的生日和愛因斯坦一樣，這樣……這樣……有緣有緣！」

聽著他那半桶水的普通話，阿紅抿嘴而笑。

亞善作爲代言人，略微講了講樊系數的背景。

阿紅始知這人的另一身分是「術數師」。

一聽到這個名詞，阿紅就微微皺眉，因爲她自小就對術數、堪輿學……諸如此類的東西沒有好感，甚至到了憎惡的地步，她兒時吃了那麼多苦，間接上就是被一個江湖術士害的。

樊系數道：「妳放心，我不是甚麼神棍……我的『數獨門』，和妳的『蕭刀門』，倒是有幾分淵源……從亞善大哥的口中，知道了妳的事……我查過妳的生辰八字，妳也是救世主之一。」

阿紅大奇道：「救世主？」

樊系數道：「要拯救地球的厄運，救世主不只一位……我也是其中之一，妳身邊這位張先生也是其中之一，妳有個雙胞胎弟弟，他也是其中之一……」

阿紅笑咪咪地瞧著張獒，打趣道：「哎喲！連你也是救世主？救世主這名頭本來很威風的，現在就一文不值了！」

張檠氣鼓鼓地瞧著她，苦在一時想不到怎麼回話。

眾人一同大笑。

「好了……我們現在就進去吧！」

博物館的正門緊閉著，還以爲樊系數有人事關係可以混進去，哪知他原來是毫無準備，反過來問亞善的專業意見，叫他建議一條潛入館裡的路線。

樊系數的身手最差，跟著阿紅攀牆而入，表情有點吃力。阿紅見這人毫無架子，好感陡然而生，覺得他是個頑皮的博士。樊系數之前沿正常門徑參觀過一次，這次由他來帶路，一路上就由阿紅來開鎖，見門過門，通行無阻。

儘管樊系數的普通話發音不準，眾人還是大致上聽得懂他的講解。

「目前全國未被盜過的帝陵，秦始皇陵就是其中之一……人們常有誤解，以爲兵馬俑就是秦始皇的墳墓……但事實上，那只是冰山一角的陪葬墓罷了。眞正的秦始皇墓穴要比它大得多，據專家估計，秦陵總面積爲五十六點二五平方公里，相當於三個澳門行政區的大小。澳門……這地方你們去過嗎？」

亞善目光爍爍，接口說了一句：

「和氏璧就在秦陵之中。」

進入秦陵偷秦始皇的陪葬品……

換句話說，就是盜古墓！

阿紅瞟了亞善一眼，似乎又明白了一些事情。

亞善由始至終，並非想將她訓練成一個普通的賊，而是想將她訓練成一個盜墓的賊……

在幽暗的墓穴之中，阿紅的「聯感」將會派上用場。

不久已走到甬道的盡頭，邁步過門，就到了展廳。

眼前就是湖北省博物館的鎮館之寶——

曾侯乙編鐘！

阿紅眼前爲之一亮，古鐘竟是一座龐然大物！

只見鐘架巍然挺立於紅地毯之上，呈曲尺形，恢廣壯觀；多達六十幾個精巧的青銅鑄鐘分成八組，懸掛在鐘架之上，上中下三層，大小各異。編鐘鑄造瑰麗，鐘體上都刻有錯金篆體銘文，乃是我國最龐大的古老樂器，因此又被稱爲「古代編鐘之王」。

整套編鐘出土時保存完好，靜靜地沉睡在歷史的長卷裡，直到二千四百年後才重現於世。

樊系數早就背熟了稿子，便道：

「這套編鐘由十九件鈕鐘、四十五件甬鐘和一件鎛鐘組成，一共六十五件。那鎛鐘是楚王所贈，僅一件，形狀與其他的鐘不同，銘文的內容也比較特殊，可見它是外加上去的，與其他編鐘不屬一套……除去這一件，整套編鐘的數目就是六十四。」

說到「六十四」這數字的時候，樊系數的目光格外一亮。

「假如我們到古墓探險，有甚麼是必要的？咸陽宮銀盤是地圖，這個古鐘就是開啓秦陵的鑰匙……」

阿紅定眼細看樊系數身後的編鐘。

展現在面前的是曾被歲月塵封的銅鐘，在它們的花紋和銘文之中，若隱若現地閃著神祕的光芒，阿紅發愣無語的期間，不由自主地，竟聽到由遠古飄來的音符，彷彿看到通往古老中國的門扉。

那扇門後的景象就是——

秦陵！

《術數師2》完

曾侯乙編鐘

戰國初期楚惠王送給曾侯乙一套鐘中的一件。是雙音鐘的典範。

1978年湖北曾侯乙墓出土。

越王句踐劍

春秋晚期，通長55.7公分，1965年江陵望山1號墓出土。

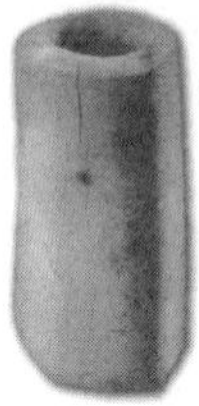

八重寶函
裝佛指舍利的容器
，內有多層盒狀物。

佛指舍利
據稱是釋迦牟尼入滅後遺世的一節
指骨，現存於法門寺。

咸陽宮銀盤
數目眾多，散布於全國各地。

和氏璧
自漢朝後已佚失，此為後人模擬之形貌。

後記

本故事純屬虛構，請一笑置之。

再一次提醒大家，我這部小說純屬虛構，盜竊也是極嚴重的罪行，懇請大家切勿以身試法。

這又是一部「掛羊頭賣狗肉」的小說，如果有人眞的因爲喜歡蕭邦而買此書，我相信他現在一定很想扼住我的脖子吧？

在一年前的今日，有些人會對《術數師》的結局略有不滿，總有一種似完又未完的感覺。當大家看了這本《術數師2》之後，我敢相信大家也會有差不多的感覺，亦會開始察覺我的「陰謀」（其實是用心良苦）……

對，故事是未完的。

下一本也不是「續集」，而是「下文」。

但這個系列的下集能否出版，我其實也不能作出保證，要是銷量太差的話，我繼續寫下去就是害人累己……我唯一可以保證的，就是用我的微言作出一個小小的宣言：

之後的劇情將會更加離奇和古怪！

照我估計，應該會遠遠超出大部分人的想像之外。

此書雖是虛構的幻想小說，但我在書中描述的文物及歷史，大都是眞有其事，某種程度上都可說是有根有據。然而本人並非中國歷史系出身，對歷史文物的認知也全憑自己閱書，紕漏一定是少不了，在此敬請各有心人來信糾正。

如各讀友們意猶未盡，又或者想看看故事中那些文物的實貌，不妨就到此系列的專屬網站一遊：

http://www.tinhong.net/64/

我也不知這系列的作品要歷時多久才能完成，更不知自己有沒有資本和能力去完成它。

我希望寫出的，是個宏大壯闊的冒險故事。

總之，一切聽天由命。

寫作是很奇妙的。

不知被甚麼奇妙的力量引導，也許只是一股莫名其妙的衝動，我就獨自到了西安旅行，參觀法門寺，腦中霎時浮現的就是怪老叔盜寶的影像。

當我寫這部小說的時候，我說自己因毫無靈感而深深痛苦，我想大家也未必會相信。

但實情確是如此。

於是有天我不知怎地喃喃自語，求求老天爺，可憐我這個日日飽受精神折磨的人，賜我那麼一點點靈感……

我想爲充滿苦難的中國寫作。

我想將眞實的窮人的悲苦寫出來。

就這樣，老天讓我偶然看到一代名臣的故事，讓我感動，讓我明白要怎樣去寫。

或在夢中，或在路上，或瞧見哭泣的小孩，靈感就如泉湧般來了（因此當編輯催稿催得厲害的時候，我就會去睡覺或逛街）。

也許老天就是要我先開竅，否則就不會給我靈感。

我總是在命運的安排下寫作。

要回顧說的話，用「蕭邦的刀」這名稱是偶然，將「一代名臣」放在故事裡也是偶然，但這一切偶然又使我覺得冥冥之中自有天意。

不少朋友說很喜歡我的前作，說很欣賞我做了不少資料搜集。

但很慚愧地說，這些朋友都太抬舉我了。

寫這系列之前，我從沒作過好好的構思，全部都由心而發，基本上就是想到哪寫到哪，所謂的資料搜集，也僅僅是偶然在我腦中閃過的念頭，我所做的也只不過是翻查典故，以及核對資料罷了。

也許寫作就和雕刻一樣，雕刻家一看到那塊石頭，就已經可以預視它變成藝術品後的樣子，而他所做的，只是充分擅用自己的技巧，依照石頭的本來形狀去雕琢成品。

連我自己也覺得很奇妙，故事彷彿在我腦中早已成形，我只是用上天賜予我的毅力去將它們呈現於世上。

中國是奉行馬克思共產主義的國家，現在綜觀時局，已成爲世上貧富懸殊極嚴重的國家之一。

印度是佛教的發源地，但在當地信奉佛教的人卻寥若晨星，人們眼中的神明已不是佛陀釋迦牟尼，而是股票交易所裡的超級經紀，也就是所謂的「股神」。

人世間的矛盾莫過於此。

有些問題我始終想不明白：

爲甚麼奸惡的人總是比好人活得舒服？

然後我終於在寫作中找到答案，只有當有能的人願意蹚這渾水，並且捨己爲民，這世界才會出現改變的希望之光。

只有靠我們，這世界才會有可能改變！

書中所指的「刀」，在我理念中也就是這意思。

我期望向世人呈現一個千瘡百孔的中國。

我不期待自己能改變甚麼。

但我很想用我的能力作出一點改變。
執筆寫作至今，光陰也不枉過了。

天航
二〇〇七年冬

熱血青春・新潮有型
史無前例的運動武俠派小說！
荒蕪偏僻的籃球場，
灰暗慘澹的不幸過去，
錯綜複雜的機緣際遇，
孕育了一個天才神射手。
他，爲了對命運報復而打球，
天賦異稟，凌駕同儕的個人技術，
挑戰異校高手，
教看輕自己的人嚇出一身冷汗……
人氣作家　天航　衆所矚目的最新系列
三分球神射手
即將推出・敬請期待

國家圖書館出版品預行編目資料

術數師2 / 天航著.——初版.
——台北市：蓋亞文化，2009.04-
面；公分.

ISBN 978-986-6473-05-0（平裝）

850.3857　　98002677

悅讀館　RE162

術数師 2　蕭邦的刀．少女的微笑

作者／天航（KIM）
插畫／有頂天99
封面設計／克里斯
出版／蓋亞文化有限公司
地址◎台北市103赤峰街41巷7號1樓
電話◎（02）25585438　傳眞◎（02）25585439
部落格◎gaeabooks.pixnet.net/blog
臉書◎www.facebook.com/Gaeabooks
電子信箱◎gaea@gaeabooks.com.tw
投稿信箱◎editor@gaeabooks.com.tw
郵撥帳號◎19769541　戶名：蓋亞文化有限公司
法律顧問／宇達經貿法律事務所
總經銷／聯合發行股份有限公司
地址◎新北市新店市寶橋路二三五巷六弄六號二樓
電話◎（02）29178022
傳眞◎（02）29156275
初版四刷／2017年3月
定價／新台幣 240 元
Printed in Taiwan

ISBN／978-986-6473-05-0

GAEA

GAEA